반복

이준규 시집

문학동네시인선 051 이준규

반복

시인의 말

반복한다.

2014년 2월
이준규

차례

너무

……너무 적은 나의 새들 너무 적은 나의 커피 너무 적은 나의 노트 너무 적은 나의 운명 너무 적은 나의 겨울 하늘 너무 적은 나의 새들 너무 적은 나의 한숨 너무 적은 너의 웃음 너무 적은 나의 기찻길 너무 적은 나의 묘비명 너무 적은 너의 무릎 너무 적은 너의 부츠 너무 적은 너의 단두대 너무 적은 너의 말 너무 적은 너의 매 너무 적은 나의 숲 너무 적은 나의 손가락 너무 적은 나의 운명 너무 적은 나의 술 너무 적은 나의 시 너무 적은 나의 호흡 너무 적은 나의 산책 너무 적은 나의 축구 너무 적은 나의 커피 너무 적은 나의 운명 너무 적은 나의 나 너무 적은 나의 한옥 너무 적은 나의 언덕 너무 적은 나의 초당 너무 적은 나의 적지 너무 적은 나의 연못 너무 적은 나의 나무 너무 적은 나의 네모 너무 적은 나의 동그라미 너무 적은 나의 물고기 너무 적은 나의 장소 너무 적은 나의 책 너무 적은 나의 섹스 너무 적은 나의 차 너무 적은 나의 새들 너무 적은 나의 너 너무 적은 나의 우리 너무 적은 나의 길 너무 적은 나의 책상 너무 적은 나의 서재 너무 적은 나의 주전자 너무 적은 나의 새들 너무 적은 나의 해 너무 적은 나의 달 너무 적은 나의 별 너무 적은 나의 대지 너무 적은 나의 겨울 너무 적은……

관념

　관념은 조금 빈 잔이고 모서리가 있다. 모든 관념은 딱딱한 모서리를 가진다. 바람은 불었다. 언덕은 부드럽게 무너진다. 나는 언덕 아래로 내려가 언덕 위를 바라보는 하나의 뚜렷한 관념이었다. 관념은 두부 같고 관념은 두부를 찍어 먹는 간장 같아서 나는 조랑말을 끌고 산을 넘었다. 만두가 있을 것이다. 관념적인 만두. 봄이다. 강은 향기롭다. 봄이고 강은 향기롭고 홍머리오리는 아직 강을 떠나지 않는다. 흰죽지도 그렇다. 물 위엔 거룻배. 하늘엔 헬리콥터. 그것은 모두 사라진다. 관념적인 동그라미와 함께. 어떤 연인들처럼. 비처럼. 눈물처럼. 봄은 향기롭다. 나는 길을 갔다. 어려운 네모와 함께. 아네모네를 물고. 너를 향하여. 언제나 그윽한 너를 향하여. 너의 잔을 마시러. 나는 길을 떠난다. 마른 것. 떨어지는 것. 그것처럼. 더는 없었다. 네모는 구름. 관념은 조금 빈 잔이고 모서리가 있다. 닳고 있다.

나는

　　나는 그것에 관심이 없다. 나는 그런 것에 관심이 없다. 나는 그따위 것들에 도대체 관심이 없다. 나는 관심이 없다. 나는 끓고 있는 물에 관심이 없다. 나는 끓고 있는 물속으로 들어가는 타조에 관심이 없다. 나는 지나가는 새에 관심이 없고 나는 바람에 흔들리는 나무에 관심이 없다. 나는. 나는. 나는 관심이 없다. 나는 울지 않는다. 나는 웃지 않는다. 나는 웃음과 울음에 관심이 없다. 나는 슬프게 놀이터 앞을 지나간다. 교복을 입은 여학생들이 담배를 피우고 있다. 나는 그것에 관심이 없다. 나는 모래에 핀 들꽃을 본다. 나는 길을 건넌다. 나는 테니스장 옆을 지나간다. 그런데 나는 그런 것들에 도무지 관심이 없다. 나는 관심이 없다. 나는 이것에도 관심이 없다. 관심이 없다. 나는. 관심이. 없어진다. 나는 그곳에 가지 않는다. 나는 그런 것에 관심이 없다.

나는

　……나는 10월 23일에 네 편의 시를 쓰고 10월 24일에 한 편의 시를 쓰고 10월 25일에 한 편의 시를 쓰고 10월 26일에 두 편의 시를 쓰고 10월 29일에 세 편의 시를 쓰고 10월 31일에 한 편의 시를 쓰고 11월 2일에 한 편의 시를 쓰고 11월 10일에 세 편의 시를 쓰고 11월 11일에 세 편의 시를 쓰고 11월 12일에 한 편의 시를 쓰고 11월 14일에 두 편의 시를 쓰고 11월 17일에 한 편의 시를 쓰고 11월 25일에 한 편의 시를 쓰고 11월 29일에 일곱 편의 시를 쓰고 12월 3일에 네 편의 시를 쓰고……

겨울

나는 고개를 숙이고 시를 읽었다. 겨울이었다. 그가 언덕에서 내려왔다. 그는 언덕 너머에 대해 말하지 않았다. 나는 고개를 숙이고 계속 시를 읽었다. 겨울이었다. 햇빛에 눈이 녹았다. 무언가 반짝였다. 나는 고개를 숙이고 시를 읽었다. 겨울이었다. 나는 너에게 가 너의 살을 보았다. 너의 살을 핥았다. 조금 짰다. 조금 흐렸다. 나는 고개를 숙이고 시를 읽었다. 겨울이었다. 나는 네 옆에서 눈을 떴다. 까치 한 마리가 너와 나를 보고 있었다. 나는 고개를 숙이고 시를 읽었다. 겨울이었다. 나는 네가 우물에 돌을 던지며 웃던 날을 기억했다. 그 우물은 얼어 있었다. 너도 얼어 있었다. 나는 고개를 숙이고 시를 읽었다. 겨울이었다. 나는 언덕을 올라갔다. 나는 언덕 너머에 대해서 말하지 않겠다는 생각을 하며 언덕을 내려왔다. 나는 너에게 토끼 가죽신을 만들어주어야겠다고 생각했다. 나는 고개를 숙이고 시를 읽었다. 겨울이었다. 이가 몇 개 빠지고 머리가 하얗게 되었다. 나는 마을을 떠나기로 결심했다. 나는 고개를 숙이고 시를 읽었다. 겨울이었다. 언덕 너머에서 한 사내가 왔다. 그는 나를 너무 닮아 있었다. 나는 그를 외면했다. 나는 고개를 숙이고 시를 읽었다. 겨울이었다. 마을이 사라졌다. 너도 사라졌다. 나는 고개를 숙이고 시를 읽었다. 겨울이었다.

나

나는 그것을 본다. 나는 그것을 보지 못한다. 나는 그 소리를 듣지 못했다. 너는 비틀거리며 내게 다가왔다. 너는 비틀거리며 다가와 내 앞에서 무너졌다. 나는 너를 일으켜세우고 네가 왔던 곳을 본다. 나는 그런 것들을 보지 못했다. 나는 어깨가 없었다. 나는 계단이 없었다. 나는 손가락이 없었고 배가 없었고 바퀴가 없었고 집이 없었다. 나는 그것을 보지 못했다. 나는 작은 의자에 웅크리고 앉아 그것을 본다. 나는 조금씩 이동하는 세월이었다. 아무것도 아니었고 아무것도 아니었다.

나는 너의 일곱시다

나는 너의 일곱시다. 너는 나로부터 멀어진다. 나는 너의 잠으로 들어간다. 너의 일곱시는 잠 속에 있다. 나는 너를 잡으러 너의 잠에 들어간다. 나는 너의 일곱시다. 나는 지금 시를 쓰고 있다. 나는 지금 시를 쓰며 너를 생각한다. 나는 지금 시를 쓰며 너를 생각하며 커피를 마시고 담배를 피운다. 나는 네가 마실 수도 있는 커피를 마시고 네가 피울 수도 있는 담배를 피운다. 네가 좋아하는 에그 타르트는 지금 내 앞에 없다. 하지만 나는 네가 좋아하는 에그 타르트를 상상할 수 있다. 나는 지금 내가 상상한 네가 좋아하는 에그 타르트를 먹으며 너의 잠 속에 있다. 나는 지금 커피를 마시며 담배를 피우며 시를 쓰며 에그 타르트를 먹으며 너의 잠 속으로 들어가 너를 가지고 있다. 너는 나의 소유다. 너는 나의 일곱시가 되었다. 너는 나의 일곱시다.

나는

눈을 감는다. 눈을 뜬다. 불이 켜진다. 불이 꺼진다. 바람이 분다. 골목은 검다. 귀뚜라미 운다. 매미는 잔다. 나는. 나는 눈을 감는다. 나는 눈을 감는다, 라는 문장을 쓰고 계속한다. 나는 눈을 뜬다. 어떤 세계. 분리할 수 없는. 지울 수 없는. 드러낼 수 없는. 너는 너의 길을 가고. 나는 나의 길을 간다. 동료들은 어딘가에 있겠지. 귀뚜라미 운다. 여름이 지나가고. 가을은 온다. 어떤 가을. 귀뚜라미 같은. 그리고 그 술잔. 그리고 그 술상. 너의 자세. 그러니까 침대에 누운. 베개를 두 개 등에 괴고. 다른 곳으로. 아무렇게나. 나는 쓰고. 나는 쓴다. 나는 썼는데. 나는 썼다. 나는 내가 쓴 것을 다시 보고. 멈추거나. 멈추지 않는다. 비는 내렸고. 비는 내리지 않았다. 너는 언덕을 넘어갔고. 너는 그 집으로 들어갔다. 너는 서성거리고. 너는 어정거리고. 너는 달아난다. 어디로. 아무데로나. 본래 없는 곳으로. 방향 없이. 네 발 닿는 곳이 모두 네 장소인 것처럼. 그래. 너는 너의 길을 가고. 나는 눈을 감았다. 뜬다. 눈을 감았다. 뜨고. 또. 눈을 감았다. 뜬다. 그것 없이. 그것도 없이. 나는 거짓말하지 않는다. 더는. 나는 거짓말한다. 계속.

나는 언덕을 오르는 나였다

나는 언덕을 오르는 나였다. 비가 내리고 바람이 불 때, 나는 언덕을 오르는 나였다. 네가 길 건너에서 부드럽게 흔들리며 멀어질 때, 나는 언덕을 오르는 나였다. 내가 술집의 한구석에서 술잔을 기울이며 거짓말할 때, 나는 언덕을 오르는 나였다. 나는 언덕을 오르는 나였다. 내가 시를 쓰고 시를 버리고 시를 고치며 무참해질 때, 나는 언덕을 오르는 나였다. 해가 뜨고 뜨거운 햇볕이 나의 얼굴을 쪼일 때, 나는 언덕을 오르는 나였다. 네가 악몽에 시달리고 내가 너의 꿈으로 들어갈 수 없을 때, 나는 언덕을 오르는 나였다. 나는 언덕을 오르는 나였다. 내 앞의 너는 언제나 추억의 대상으로 바뀌고, 나는 언덕을 오르는 나였다. 어떤 감상도 없이, 어떤 생각도 없이, 나는 언덕을 오르는 나였다. 나는 언덕을 오르는 나였다. 세월이 가고, 나는 언덕을 오르는 나였다. 우리는 서서히 무기력해지고, 나는 언덕을 오르는 나였다. 추억은 다른 내용을 가지고, 나는 언덕을 오르는 나였다. 문득 뒤돌아보면, 나는 언덕을 오르는 나였다. 눈이 내리고 세상이 침묵할 때, 나는 언덕을 오르는 나였다. 나는 변하고, 너는 변하고, 우리는 변할 때, 나는 언덕을 오르는 나였다. 우리는 각자 등을 돌리고 자신의 시를 쓰고, 나는 언덕을 오르는 나였다. 우리들의 시간이 끝나가고, 나는 언덕을 오르는 나였다. 무덤에 익숙해질 무렵, 나는 언덕을 오르는 나였다. 슬픔 없이, 나는 언덕을 오르는 나였다. 슬픔에 의지하며, 나는 언덕을 오르는 나였다. 하루가 허망하

게 저물고, 나는 언덕을 오르는 나였다. 한 생이 돌이킬 수
없는 것이 될 때, 나는 언덕을 오르는 나였다. 그러나 나는
너를 추억하며, 나는 언덕을 오르는 나였다. 나는 언덕을 오
르는 나였고, 언덕을 오르는 나였다. 이제 언덕을 내려가며,
나는 언덕을 오르는 나였다.

그것

그것은 내 오른쪽에 있었다. 그것은 내 왼쪽에 있었다. 나
는 작은 상자 안에 있었다. 그 상자는 계속 움직였다. 그것
은 자유로운 부동이었다. 그것은 부동의 자유였다. 그것은
고정된 유빙이었다. 관념도 추상도 없었다. 그것은 내 오른
쪽에 있었다. 그것은 내 왼쪽에 있었다. 읽을 수 없었다. 읽
을 수 없는 교수대 같았다. 그것은 아무것과도 같지 않았다.
그것의 철문은 굳게 닫힌다. 그것은 아무것도 아니다. 그것
은 그것과 그러나 다르다. 그것은 목욕탕 타일 바닥 위에 젖
은 수건을 깔고 앙상한 몸을 눕힌다. 그것은 하나의 포르노
소설이다. 그것은 하나의 포르노 시다. 그것은 하나의 가능
한 포르노 소설이다. 그것은 하나의 가능한 포르노 시다. 그
런 것들은 그러나 없다. 적어도 그것의 앞에서라면 더욱 그
렇다. 그것은 지금 계단 위에서 계단 아래를 바라보고 있다.
그것은 중얼거린다. 포기하라. 그것은 지금 새로운 유행을
찾아나선다. 망치와 삽과 곡괭이를 들고. 그것은 도무지 모
르겠다. 그것은 모르는 그것일 뿐이다. 그러나 그것은. 다시.
나는. 나는 그것을 본다. 그것 위로 새가 날아와 앉는다. 그
것 위로 새는 걸어온다. 걸어온 새는 개처럼 쭈그리고 앉아
똥을 눈다. 그것은 누워 있다. 그것은 눈사람처럼 누워 있
다. 그것은 녹을 것이다. 잘 녹는 어떤 것처럼. 나는 그것을
생각한다. 그것에 대해 아무 말도 할 수 없다. 그것은 침대
위에 있다. 그것은 커튼을 치고 구석에 있는 의자 위에 앉아
있다. 그것은 충분하지 않다. 그것은 다시 중얼거린다. 모든

그것은 실패한다. 그것은 교수대의 꽃병 같다. 그것은 교수
대의 정액 같다. 그것은 교수대의 똥 같다. 그것은 모든 실
패의 그것이다. 잠들지 않는다. 꿈꾸지 않는다. 생각하지 않
는다. 존재하지 않는다. 그것은 내 오른쪽에 있었다. 그것은
내 왼쪽에 있었다. 나는 그것을 지나갔다. 나는 그것을 지나
갈 수 없다. 그것은 여기 있다. 그것은 저기 있다.

너는 나다

너는 줄 위에 있고 너는 줄을 넘고 있고 너는 줄을 끌고 가고 있고 너는 줄을 버리고 있고 너는 줄을 감고 있고 너는 줄을 밟고 있다. 너는 줄무늬이고 너는 물방울무늬이고 너는 질문하는 너이다. 너의 세월은 소멸하고 있고 너의 세월은 생성하고 있다. 너의 문장은 무언가를 구축하고 있고 너의 문장은 해를 삼키고 있다. 너는 가지 끝에 매달려 흔들리는 한겨울의 비닐이고 너의 몸은 끝없는 길을 가는 바람의 미소이다. 너는 지금 어디에 있는가. 나는 너를 향한다. 그리움 없이. 나는 너를 가질 수 있겠지. 나는 너였으니까. 나는 어디에 있는가. 너는 나다.

너는 조금 읽는다

너는 조금 읽는다. 너는 여름밤. 너는 여름밤의 책상에 앉아 조금 읽는다. 너는 어떤 어려움을 가지고 여름밤의 책상에 앉아 조금 읽는다. 너는 어떤 어려움을 가지고 여름밤의 책상 앞 의자에 앉아 조금 읽는다. 너는 여름에서 가을로 가는 어느 날 밤의 너의 여름밤의 책상, 아니 여름에서 가을로 넘어가는 책상에 앉아 조금 읽는다. 너는 어떤 어려움을 등과 허리와 가슴으로 느끼며, 귀뚜라미 소리를 들으며 끝없이 펼쳐진 골목들을 생각하며 너는, 읽는다. 너는 읽기를 중단하고 쓰기 시작한다. 너는 너의 쓰기에도 어떤 어려움을 느끼며 무언가를 쓴다. 가령 완벽한 문장 하나. 나는 남자다. 너는 여자다. 저것은 개다. 저것은 화분이다. 그것은 완벽한가. 무덤처럼. 완벽한가. 너는 조금 읽는다. 귀뚜라미 소리 끝없다. 너는 정신을 잃고 너는 정신이 없다. 너는 읽거나 쓴다. 너는 어떤 어려움을 느끼는데, 그것이 너와 어떤 관계를 가진다는 생각도 잊어버린다. 어떤 것은 흐르고. 어떤 것은 잠시 멈춘다.

너는 비스듬하다

너는 비스듬하다. 너는 비스듬히 서서 커피를 내리고 있다. 너는 입을 꼭 다물고. 입을 꼭 다문 너의 입을 나는 벌리고 싶고. 너는 비스듬히 서서 커피를 내리고 있다. 커피는 더운 물에 젖고. 더운 물에 젖는 커피는 부풀어 향을 더한다. 너는 비스듬히 서서 집중한다. 너의 집중이 너의 허리와 허벅지와 엉덩이와 항문과 등과 목과 턱과 종아리와 발목과 발등과 발가락에 전해진다. 너는 옷을 입고 있지 않다. 너는 그렇게 비스듬히 서서 커피를 내리고 있고 늦봄의 바람은 너의 털을 조금씩 흔든다. 나는 비스듬한 벗은 너를 보며 어떤 우울에 잠긴다. 너는 비스듬하고 나는 잠긴다. 하지만 나는 너와 함께 커피를 마실 것이고 오늘의 시를 쓸 것이다. 슬픔과 기쁨은 동일하고 고독은 낡은 택시와 같으며 잠은 유일한 보상이다. 나는 영원히 지워져가는 나이다. 지워지는 동안의 내가 너를 기억할 것이다. 끝까지. 너는 비스듬하다.

겨울

　겨울을 그리다. 너를 그리다. 겨울을 그리다. 너를 그리
다. 겨울을 구겨버리다. 너를 구겨 주머니에 넣고 길을 나
서다. 너는 목이 없고. 너는 팔이 없고. 너는 발이 없고. 너
는 정강이가 없고. 너는 치골이 없고. 겨울을 그리다. 구겨
진 너를 빈터에 버리다. 풀들은 도시로 전진하고 있다. 움직
이는 숲처럼. 너는 하나의 인용이 되고. 너는 하나의 비유가
된다. 변기 속으로 빨려들어가거나 쓰레기차에 구겨넣어지
는 탈구의 너. 나는 너를. 나는 너를. 그리다. 겨울을 그리
다. 겨울은 아무데나 앉아 나를 웃는다. 너의 술잔이 깨지
는 소리가 들린다. 나는 입을 다물고. 나는 입을 열고. 너는
입을 다물고. 너는 입을 열고. 수증기가 내게 한 말처럼. 너
는 도시의 반대편으로 떠나고 있는 모습이다. 풀들이 전진
해도. 숲이 움직이고 도시가 물에 떠도. 너는 떠나고 있는
모습이다. 겨울을 그리다. 너를 그리다. 겨울은 하나의 틈으
로 내 앞에 있었다. 겨울을 그리다. 겨울을 구겨버리다. 겨
울을 그리다. 너를 그리다. 겨울을 그리다.

그

    그는 멍청하게 생겼고 멍청하게 말하지만 그렇게 멍청한 건 아니다. 그는 똑똑하게 생겼고 똑똑하게 말하지만 그렇게 똑똑한 건 아니다. 그는 멍청하게 말하지 않고 멍청하게 생기지 않았고 똑똑하게 생기지 않았고 똑똑하게 말하지 않는데 그다지 멍청한 것도 아니고 그렇게 똑똑한 것도 아니다. 그와 그는 나란히 앉아 있다. 그들은 지는 해를 바라본다. 두 마리의 사이좋은 개처럼. 두 개의 무덤처럼.

모자

그의 할아버지는 모자를 팔았다. 그의 할아버지도 모자를 팔았다. 그의 할아버지는 모자를 팔아 그에게 책과 공책과 연필을 사주었다. 그의 할아버지도 모자를 팔아 그에게 책과 공책과 연필을 사주었다. 그의 할아버지가 마차를 타고 시내를 돌아다닐 때, 그의 할아버지도 마차를 타고 시내를 돌아다녔다. 그의 할아버지가 모자를 팔다 정치 집회에서 연설을 할 때, 그의 할아버지도 모자를 팔다 정치 집회에서 연설했다. 그는 책을 보고 공책에다 연필로 무언가를 쓰거나 그렸다. 그도 책을 보고 공책에다 연필로 무언가를 쓰거나 그렸다. 그의 할아버지가 모자를 쓰고 단장을 들고 콧수염을 기르고 외알 안경을 끼고 회중시계를 지니고 호텔 로비로 들어설 때, 그의 할아버지도 모자를 쓰고 단장을 들고 콧수염을 기르고 외알 안경을 끼고 회중시계를 지니고 호텔 로비로 들어가고 있었다. 그의 할아버지는 모자를 팔았다. 그의 할아버지도 모자를 팔았다. 그는 시인이 되었다. 그도 시인이 되었다. 그의 할아버지는 모자를 팔았다. 그의 할아버지는 모자를 팔았다.

그는

　　그는 집을 나선다. 그는 우산, 노트, 볼펜, 이준규, 오규원, 백석을 넣고 집을 나선다. 그는 가방에 타르코스, 베케트, 미쇼, 루카, 스타인을 넣고 집을 나선 게 아니다. 그는 가방에 노트, 볼펜, 이준규, 오규원, 백석과 우산을 넣고 집을 나섰다. 백석과 우산이라는 시는 없다. 백석과 우산이라는 시를 쓰고 싶다. 손목시계를 가방에 넣는 건 잊었다. 가방에 들어갈 수 있는 건 많다. 가령 머신 건. 가방은 외래어이다. 구두와 담배가 외래어인 것처럼. 그는 집을 나섰다. 비는 내리지 않는다. 아직 태풍은 오지 않는다. 그는 면도를 하지 않았고 바지, 셔츠, 팬티, 양말, 운동화의 평범한 차림이다. 바지라는 단어는 이상하다. 치마라는 단어도 그렇다. 어원을 예측할 수 없는 단어들. 백석의 시집에 나오는 음식들을 나열해볼 수 있다. 청배, 호박잎, 붕어곰, 장고기, 붕어, 농다리, 매감탕, 인절미, 송구떡, 콩가루차떡, 두부, 콩나물, 잔디, 고사리, 도야지비게, 무이징게국, 김, 니차떡, 청밀, 은행여름, 곰국, 조개송편, 달송편, 죈두기송편, 밤소, 팥소, 설탕 든 콩가루소, 돌나물김치, 백설기, 제비꼬리, 마타리, 쇠조지, 가지취, 고비, 고사리, 두릅순, 회순, 산나물, 물구지우림, 둥굴네우림, 도토리묵, 도토리범벅, 광살구, 찰복숭아, 당세, 찹쌀탁주, 왕밤, 두부 산적, 밥, 술, 떡…… 많다. 나중에 다 찾아 써보겠다. 잔디도 먹는가? 잔디는 짠지의 사투리다. 오규원의 시에 등장하는 나무와 풀과 새의 이름을 다 찾아 써볼까 생각한다. 그럴 수도 있고 안 그럴 수

도 있다. 그것은 의미 있을 수도 있고, 의미 없을 수도 있는
데 의미는 이미 나와 상관없다. 그는 가방을 들고 집을 나섰
다. 언덕이 하나 둘 셋 넷 다섯 여섯 일곱…… 있는 길을 지
나 어떤 실내로 들어서 있다. 동교동의 호평 빌딩. 호평 빌
딩의 실내. 실내의 그와 삼 인. 세 사람. 그들은 모두 무언가
를 쓰고 있다. 2013년 여름의 우기에. 비가 내리지 않은 어
느 날. 그는 오전에 다시 시를 쓸 수 있으리라고 생각했다.

그는

시를 멈추지 않는다. 그는. 그는 시를 멈추지 않는다. 그가
시다. 그는 시 이상이 아니다. 그는 시일 뿐이다. 풀이 시들
고 있다. 실내에서. 허리가 휘고 있다. 실내에서. 그는 실내의
시를 쓰고 있다. 실내에서. 그는 모순을 버린다. 그에게는 더
이상 모순이 없다. 계단을 오를 때도 복도를 바라볼 때도 지
는 해를 볼 때도 철새들의 비행을 볼 때도. 그에겐 이제 모순
이 없다. 그는 시를 멈출 수 없다. 그는 지금 실내에 있다. 아
무튼. 나는. 그는 들판을, 그는 의자를, 그는 시집을, 그는 눈
물을, 그는 침을, 그는 침대를, 그는 우주를, 그는 언덕을, 그
는 파도를, 그는 발가락을, 그는 웃음을, 그는 새소리를, 그
는 경사를, 그는 벤치를, 그는 햄버거를, 그는 물을, 그는 약
을, 그는 매연을, 그는 굴렁쇠를, 그는 버선을, 그는 버섯을,
그는 두부를, 그는 바퀴를, 그는 항구를, 그는 방파제를, 그
는 발걸음을, 그는 나무를, 그는 흙을, 그는 불을, 그는 호스
를, 그는 스프링클러를, 그는 타피룰랑을, 그는 타피볼랑을,
그는 단두대를, 그는 어깨를, 그는 무릎을, 그는 정강이를, 그
는 치골을, 그는 서혜부를, 그는 앰뷸런스를, 그는 헬리콥터
를, 그는 해바라기를, 그는 두통을, 그는 열기구를, 그는 비행
기를, 그는 권총을, 그는 가방을, 그는 주머니를, 그는 조약돌
을, 그는 등대를, 그는 유리문을, 그는 코를, 그는 그물을, 그
는 물고기를, 그는 손가락을, 그는 빵부스러기를, 그는 떡고
물을, 그는 달을, 그는 자판기를, 그는 계단을, 그는 추억을,
그는 사랑을, 그는 너를, 그는, 시를 멈출 수 없다.

같다

   그것과 그것과 그것의 색은 같다. 그리고 그것은 기울어져 있다. 나는 너를 베낀다. 나는 네게 영향받는다. 세탁기는 돌아가고 하늘엔 별이 많다. 나는 고개를 숙인다. 그것과 그것과 그것의 색은 같고 나는 양말을 신지 않았다. 나는 저녁을 이미 먹었다. 나는 한 거리를 생각하고 두 거리를 생각하고 나는 드디어 세 거리를 생각한다. 그리고 그것과 그것과 그것의 색은 같고 그것과 그것과 그것의 거리는 각각 같다. 얼마나 즐거운 일인가. 그것들의 색은 같고 그것들의 거리는 서로 일치한다. 정확하게. 그런 것은 없다. 그리하여 그런 것은 있다. 있음은 없음으로 드러나고 없음은 있음으로 드러난다. 그렇지 않은가. 모든 것이. 나는 숨을 크게 들이마시고 천천히 숨을 내쉰다. 겨울의 바람은 차다. 나는 맨발이다. 그리고 그것과 그것과 그것의 색은 같다. 그리하여 그것과 그것과 그것의 거리는 같다.

있다

　그것은 그럴듯하게 있다. 그것은 그럴듯하게 나무에 앉아 있다. 그것은 파란 모자를 쓰고 지팡이를 짚고 그럴듯하게 가고 있다. 그것은 책상 앞에 앉아 그럴듯하게 있다. 그것은 그럴듯하게 있다. 그것은 그럴듯하게 돌아가고 있다. 그것은 그럴듯하게 물을 빼고 있다. 그것은 그럴듯하게 물건을 옮기고 있다. 그것은 그럴듯하게 지하철 안에서 두리번거리고 있다. 그것은 개수대 앞에 서서 커피가 담긴 잔을 작은 숟가락으로 그럴듯하게 젓고 있다. 그것은 젓가락으로 참치 회를 집어 입으로 그럴듯하게 가져가고 있다. 그것은 그럴듯하게 절 앞에 있다. 그것은 그럴듯하게 무덤 앞에서 오열한다. 그것은 북극에서 남극으로 그럴듯하게 이동하고 있다. 그것은 머리를 긁으며 그럴듯하게 그를 쳐다보고 있다. 그것은 진심이 담긴 호소하는 눈빛으로 그럴듯하게 낙지를 바라보고 있다. 그것은 꼬았던 다리를 몇 번 바꾸며 그럴듯하게 의자에 앉아 있다. 그것은 그럴듯하게 병상에 누워 있다. 그것은 그럴듯하게 관 속에 들어가 있다. 그것은 아무런 의심 없이 아무런 의심 없는 책장을 그럴듯하게 넘기고 있다. 그것은 묵묵히 그럴듯하게 수증기를 내뿜고 있다. 그것은 그럴듯하게 성기를 성기 속으로 밀어넣고 있다. 그것은 그럴듯하게 있다.

꽃

그것은 꽃이다. 그것은 쥐꼬리개망초의 꽃이다. 그것은 쥐꼬리개망초의 꽃이 아니다. 그것은 당신의 꽃이다. 그것은 물의 꽃이고 그것은 물까치의 꽃이며 그것은 물까마귀 물때까치 물레새 물수리 물총새의 꽃이고 그것은 물개암나무 물깨끔나무 물박달나무 물방치나무 물뿌리나무 물오리나무 물자작나무 물참대 물푸레나무의 꽃이며 물달개비 물매화 물봉선 물억새 물옥잠 물잎풀의 꽃이고 그것은 물양지꽃의 꽃이다. 그것은 모든 것의 꽃이며 꽃이 아니다. 그것은 물인가 꽃인가. 그것은 그가 본 그 꽃인가 아닌가. 그것은 줄 수 없고 그것은 받을 수 없고 그러나 그것은 꽃이다. 그것은 물이고 그것은 꽃이다. 그것은 향이 있고 그것은 향이 없다. 그것은 당신의 꽃이고 당신은 지금 밥상 앞에 앉아 있다. 그러나 그것은 꽃이다. 꽃이 기운다.

그것

그것은 비스듬히 추락한다. 모든 것처럼. 그것은 비스듬히 추락하는 희망이자 환멸이다. 그것은 손가락을 들어 그것을 긁는다. 그것은 비스듬히 기울어져 있다. 그것은 앉았다 일어나고 일어났다 앉는다. 그것이 그것을 이해할 수 있을까. 그것은 그렇게 반복한다. 그것은 참을 수 없는 성실함을 보여주며 그것을 반복하고 있다. 그것의 생은 단순하며 그것의 일상은 비극적이다. 그리하여 그것의 실천은 놀라운 집중이다. 그것은 기울어져 있다가 꼿꼿이 서고 그것은 꼿꼿이 섰다가 다시 고개를 숙인다. 그것은 기울어져 있다가 갑자기 고개를 들고 그것은 하루의 일과를 끝없이 반복하지만 결국 별일 없이 그의 생을 끝낼 것이다. 어디선가 개가 짖고 달은 누렇게 환하다. 그것은 책상 앞에 있다. 그것은 반복하고 그것은 조금 옆으로 벗어난다. 그것은 그것의 그것을 한다. 그것처럼.

그것

나는 그것에 흥분한다. 정교한 까치 소리. 나는 그것에 흥분한다. 금강석 같은 논리. 나는 그것에 흥분한다. 너의 참혹과 나의 비참. 나는 그것에 흥분한다. 너의 하얀 치마. 나는 그것에 흥분한다. 읽을 수 없는 텍스트. 나는 그것에 흥분한다. 겨울의 개똥. 나는 그것에 흥분한다. 앰뷸런스에서 나오는 들것. 나는 그것에 흥분한다. 겨울의 나뭇가지. 나는 그것에 흥분한다. 사이시옷. 나는 그것에 흥분한다. 잊힌 말. 나는 그것에 흥분한다. 상투적인 연상. 나는 그것에 흥분한다. 자폐아의 눈물과 침. 나는 그것에 흥분한다. 너의 얼굴. 나는 그것에 흥분한다. 잘 차려입은 남성. 나는 그것에 흥분한다. 폭력. 나는 그것에 흥분한다. 너의 전략과 전술. 나는 그것에 흥분한다. 포기. 나는 그것에 흥분한다. 너의 잠. 나는 그것에 흥분한다. 거울에 비친 나의 모습. 나는 그것에 흥분한다. 오열. 나는 그것에 흥분한다. 나는 그것에 흥분한다. 갇힌 자. 나는 그것에 흥분한다. 시계탑. 나는 그것에 흥분한다. 교각의 가마우지. 나는 그것에 흥분한다. 스프링클러. 나는 그것에 흥분한다. 수술도구. 나는 그것에 흥분한다. 잔디 위를 느리게 구르는 공. 나는 그것에 흥분한다. 아이의 천진한 웃음. 나는 그것에 흥분한다. 적개심으로 타오르는 눈동자. 나는 그것에 흥분한다. 외국에서 온 물건. 나는 그것에 흥분한다. 재앙. 나는 그것에 흥분한다. 죽어가는 사람. 나는 그것에 흥분한다. 정의로운 엉덩이. 나는 그것에 흥분한다. 쏟아지는 술. 나는 그것에 흥분한다. 너. 나. 우리. 기약 없음.

붉다

그것은 움직이지 않는다. 그것은 다섯시 방향으로 누워
있다. 그것은 붉게 누워 있다. 그것은 붉은 것 위의 붉음으
로 누워 있다. 그것은 붉게 누웠다. 그것은 온통 붉음으로
다섯시 방향으로 누워 있다. 그것은 가령 쉼표를 기다리고
있다. 그것은 간혹 그것 위로 진행한다. 그것은 문을 지나
그것 안에 문득 선다. 그것은 발음한다. 노령. 간도. 연해주.
그것은 움직이지도 고정되지도 않는다. 그것은 있다. 그것
은 다섯시 방향으로 붉게 있다.

둥글다

그것은 파랗게 둥글다. 그것은 파랗고 둥글다. 그것은 구 멍을 가진다. 그것은 소리를 가지고 새를 부를 수 있다. 그 것은 붉고 파랗다. 그것은 불을 켜고 있는 폐허다. 그것은 너를 부른다. 나는 그것에게 다가간다. 그것의 수는 일정하 지 않다. 그것은 매 순간 하나씩 늘어나고 하나씩 줄어든다. 그것은 텅 비어 있다. 그것은 앞과 뒤를 가진다. 그것은 둥 글다. 그것은 젖 같고 그것은 무덤 같고 그것은 언덕 같고 그것은 달 같다. 그것은 둥글다. 나는 그것에게 간다. 그것 은 둥글다.

그것을

그것을 꼭 나쁘다고 할 수는 없다. 그것은 떨어지고 그것은 구르고 그것은 사라지고 그것은 고정된다. 그러니까 그것을 꼭 나쁘다고 할 수는 없다. 그것은 갑자기 솟아오르기도 하고 구름에 가려진 달처럼 은밀하면서 노골적이기도 하다. 그러니까 그것을 꼭 나쁘다고 할 수는 없다. 그것은 시금치를 닮았고 근대를 닮았고 강낭콩을 닮았고 성채를 닮았고 성당을 닮았고 중정을 닮았고 운현궁을 닮았고 동십자각을 닮았고 한국출판문화회관을 닮았다. 그것은 녹슨 자전거이고 멈추며 쓰러지는 팽이이며 붉은 등을 켜고 밤하늘을 날아가는 헬리콥터이다. 그러니까 그것을 반드시 나쁘다고 말할 수는 없다. 그것은 앞에 있고 안전하며 그러나 죽음을 닮았고 자살을 권유하기도 한다. 그것은 아름답기까지 한데, 그러니까 그것을 꼭 나쁘다고 칭할 수는 없다. 그것은 때론 쌍둥이의 모습을 띠는데, 그렇다고 그것이 둘이라는 말은 아니다. 그것은 졸고 있고 그것은 갑자기 벌떡 일어나며 그것은 모든 것에 무감하고 그것은 두 입 속에서 만난 두 개의 혀라고 할 수도 있다. 그러니까 우리가 그것을 꼭 나쁘다고 할 수는 없다. 그것은 완벽해 보이기도 한다. 그것은 결코 가만히 있지 않는다. 그것의 부동도 그것의 전이를 가리킬 뿐이다. 그것을 나쁘다고 할 수는 도저히, 없다.

바깥

그것의 바깥은 그것의 바깥과 연결되어 있다. 그것의 바깥은 그것의 바깥과 접촉한다. 그것의 바깥은 어떤 소리를 가지고 그것의 바깥은 어떤 냄새를 가지고 그것의 바깥은 어떤 색을 가진다. 그것의 바깥은 흐르고 있다. 그것의 바깥은 우선 하나의 표면을 가지는데 그 표면은 어떤 얼룩 같다. 그것의 바깥은 문밖에도 있지만 몸안에도 있고 그것의 바깥은 이미지를 가지지 않는다. 그것의 바깥은 소용돌이 같고 그것의 바깥은 아지랑이 같지만 무엇보다 그것의 바깥은 팬케이크 같다. 그것의 바깥은 발바닥 같은데 그것의 바깥은 조리 같고 그것의 바깥이 가지 못할 곳은 없다. 가령, 조리를 신고 나는 북한산에 오를 수 있고, 가령 나는 조리를 신고 비상계단참으로 나가 그것의 바깥을 볼 수 있다. 그것의 바깥은 지는 해와 비슷하다. 그것에는 얼굴이 없다.

관념

관념적이다. 비참과 함께. 그것은. 관념적이다. 졸음과 함께. 관념적이다. 달과 함께. 관념적이다. 망설임과 함께. 관념적이다. 눈을 감았다 뜨고. 그것과 함께. 관념적이다. 어떤 껍질과 함께. 관념적이다. 어떤 없이. 관념적이다. 너는 나갔다 들어오고. 너는 자다 깬다. 관념과 함께. 그것과 함께. 너는 피곤 속에서. 또는 곤혹 속에서. 고독과 함께. 관념적이다. 조금의 원칙을 세우며. 문득 앞을 보고. 문득 옆을 보고. 차를 마시듯이. 관념과 함께. 관념적이다. 너와 함께인 것처럼. 묵묵히. 정서 없이. 무감하게. 그것에 대해. 반복적으로. 나열하며. 생을 보내고 있다. 관념과 함께. 비참과 함께. 달의 그림자. 차가운 입김. 모순과 함께. 관념과 함께. 비참 속에서. 비참과 함께.

같다

모든 것은 같다. 어떤 소리가 들린다. 나는 완전하게 잊을
것이다. 나는 다른 곳으로 진입할 것이다. 볼링공처럼. 모든
것은 같다. 나는 너의 눈을 본다. 나는 심장을 가지고 있다.
여기엔 어떤 틈도 없다. 전부 틈이다. 우주는 하나의 자갈이
다. 우주는 하나의 갈매기이고 우주는 하나의 빈혈이다. 너
는 생쌀을 씹으며 울고 있다. 너는 슬프지 않다. 너는 책상
위로 올라간다. 너는 눈을 감고 있다. 너는 아래를 내려다보
고 있다. 너는 위를 바라보고 있다. 달이 있다. 별이 있다.
구름이 있다. 하늘이 있다. 모든 것은 있다. 없는 것은 없다.
없음은 있을 수 없다. 모든 것은 가득차 있다. 그리고 모든
것은 무용하다. 그것은 아름답다. 너무. 그리고 모든 것은
같다. 비는 내리지 않았다. 나는 담배를 피우며 옛날을 생각
한다. 무한으로 뚫린 구멍. 모든 것은 같다.

개

개는 짖는다. 개는 어디서든 짖을 수 있다. 개는 내 머릿속에서도 짖을 수 있고 내 발꿈치에서도 짖을 수 있다. 개는 내 손바닥에서 짖을 수도 있고 내 허리에서 짖을 수도 있다. 그리고 개는 내 엉덩이 속에서도 짖을 수 있다. 또 개는 카페나 전동차나 은행이나 냉면집이나 꽃집이나 축구장이나 족구장이나 목욕탕이나 경찰서나 법원이나 공항이나 부두나 택시에서 짖을 수도 있다. 개는 짖는다. 개는 간헐적으로 짖는다. 계속 짖는 개는 없다. 나는 개가 아니다. 그러나 나는 개에 대해 말할 수 있다. 내가 인간에 대해 말할 수 있는 것처럼. 가령 옆집에는 세 마리의 개가 있다. 다른 옆집에는 한 마리의 개가 있는데 얼굴을 보지 못했다. 그런데 개의 얼굴도 얼굴이라고 하는가. 세 마리의 개가 있는 옆집의 옆집에도 개가 있는데 몇 마리의 개가 있는지는 모르겠다. 나는 개에 대해 생각할 수 있고 쓸 수 있다. 개는 주인을 좋아하고 개는 대체로 영리한 편인데 지나친 기대는 하지 않는 게 좋다. 개와 아이의 유사점은 많다. 개도 치매에 걸리고 우수한 개와 열등한 개가 있는데 둘의 차이는 크지 않다. 개가 짖었다. 개가 짖어 여름밤의 외로움에 조금 다른 뉘앙스를 준다. 어떤 계절의 바람처럼. 이 골목에는 개가 많다. 모두 한꺼번에 짖을 때는 시끄럽다. 개는 짖는다. 꿈에서도 짖는 개를 만나고 싶다. 나는 꿈에서도 짖는 개가 되고 싶다. 나는 네가 나의 꿈에서 짖는 개이기를 바란다. 개는 짖는다.

생일

생일에는 케이크를 먹을 수 있다. 생일에는 미역국을 먹을 수 있다. 생일에는 선물을 받을 수 있다. 오리, 하마, 다람쥐, 부엉이, 개, 고양이, 구관조, 부츠. 생일에는 술을 마시며 맛있는 걸 먹으며 친구들과 담소를 나눌 수 있다. 생일에는 당신이 나를 떠날 수 있다. 생일에는 불이 날 수 있다. 생일에는 치즈를 먹을 수 있고 피자를 먹을 수 있고 파스타를 먹을 수 있고 잔치국수를 먹을 수 있고 축구를 할 수 있고 등산을 할 수 있다. 생일에는 교통사고가 날 수 있고 생일에는 사랑하는 사람이 죽을 수 있다. 생일에는 책을 한 권 살 수 있고 생일에는 로또를 살 수 있다. 생일에는 연락하지 않고 지내던 사람에게 연락할 수 있고 문을 열었다 닫을 수 있다. 생일에는 잔반을 버릴 수 있고 이가 빠질 수 있으며 텃밭을 가꿀 수 있다. 생일에는 못 먹던 음식을 갑자기 먹을 수 있게 될 수도 있고 낮잠을 잘 수도 있다. 생일에는 애인을 만날 수 있고 애인과 헤어질 수 있으며 골절상을 입을 수도 있고 아킬레스건이 끊어질 수도 있으며 별 하나가 사라질 수 있다. 생일에는 비가 올 수 있고 눈이 올 수 있으며 태풍이 불 수 있다. 생일에는 꽃이 필 수 있다. 생일에는 내가 죽을 수도 있다. 그 밖에도 생일에는 무한한 일이 벌어질 수 있고 그렇지 않을 수도 있다.

한 여자

한 여자는 많은 색을 가지고 있다. 어떤 여자는 서쪽으로 갔고 어떤 여자는 동쪽으로 갔다. 여자들은 많은 색을 가지고 갔다. 나는 지나가는 새의 그림자를 세며 창가에 앉아 있었다. 지나가는 새의 그림자와 천천히 떨어지는 마른 잎사귀가 겹쳐지기도 하는 순간이었다. 나는 책상으로 다가가 어떤 책을 만졌다. 만지다가 책을 열어보았다. 거기에는 "떠난다, 나는 그 모든 것에서 떠난다, 라고 쓰려고 했다"라는 문장이 있었다. 나도 떠난다. 나도 이 모든 순간으로부터 떠난다. 남쪽에서 북쪽으로 가는 가마우지처럼. 북쪽에서 남쪽으로 가는 가마우지처럼. 나는 다시 고개를 숙인다. 나의 손가락은 떨리고 나는 입을 다문다. 여자들은 많은 색을 가지고 있다. 한 여자는 많은 색을 가지고 있다.

어떤

　어떤 아름다운 이미지. 가령, 서서히 올리는 팔. 어떤 무
기력. 반복되는 언덕. 조금 더 높은 언덕 위의 한 사람. 또는
짐승. 또는 나무. 하염없이 날아가는 비닐 봉투. 둥둥 뜨는
낙엽. 연. 풍선. 어떤 아름다운 이미지. 막 죽은 자의 얼굴.
어떤 아름다운 이미지. 조금 들린 턱. 바닥으로 추락하는 물
잔. 어떤 아름다운 이미지. 우산을 들고 선 어떤 여인의 어
떤 뒷모습. 어떤. 어떤 아름다운 이미지. 처참과 함께 오는.
어떤. 그러나. 어떤 아름다운 이미지. 말없는. 철저하게 아
름다운. 어떤 아름다운 이미지. 귀뚜라미와 함께. 어떤 한숨
같은. 맥이 풀리는. 어떤 아름다운 이미지. 고개를 숙이는.
어떤. 아름다운 이미지. 어떤. 얼어 죽은 쥐.

비

추적추적 내리던 비, 골목에 추적추적 내리던 비, 오늘, 종일, 골목에 추적추적 내리던 비는 더욱, 오늘 골목에 종일 추적추적 내리던 비는, 오늘 골목에, 오늘 골목에 추적추적, 오늘 골목에 추적추적 내리던, 오늘 골목에 추적추적 내리던 비는 참으로, 오늘, 오늘 골목에 추적추적 내리던 비는, 너는, 더욱, 오늘 골목에 추적추적 내리던 비, 오늘, 너는, 지난, 날들, 오늘, 언제나, 옛날의, 오늘 추적추적 내리던, 골목, 오늘 종일 추적추적, 내리던 비는, 오늘, 너를, 우리를, 오늘 골목에 추적추적 내리던 비, 오늘, 옛날에, 오늘 골목에 추적추적 내리던 비는, 골목을 움직이게 하고, 오늘 골목에 종일 추적추적 내리던 비는 너를 닮은 골목이 걸어가는 것 같았고, 오늘 종일 골목에 추적추적 내리던 비는 너의 아픔과 슬픔을 우기의 손님처럼, 오늘 추적추적 내리던 비는, 오늘 추적추적 내리던 비는,

바나나

바나나를 먹었다. 어제는 거부되었다. 바나나를 먹었다. 담배를 피우고 커피를 마셨다. 어제는 거부되었다. 어제는 거부되었고 바나나를 먹었다. 책을 읽었다. 창밖을 보았다. 새들이 날고 있었다. 참새였다. 어제는 거부되었다. 오늘은 거부될 것이다. 내일은 없다. 내일은 오늘일 뿐이다. 오늘은 거부될 것이다. 바나나를 먹었다. 어둠 속에서 어제는 거부되었다. 어제는 영원히 거부되었고 우울할 틈이 없다. 바나나를 먹었다. 새들은 날고 구름은 흘러가고 해는 뜨고 사람들은 일하러 간다. 오늘은 거부될 것이다. 바나나를 먹었다.

딸기

　딸기가 그릇에 담겨 있다. 딸기는 하얀 바탕에 노란 꽃무늬가 있는 손바닥 크기의 그릇에 담겨 있다. 딸기는 별로 크지 않은데, 반으로 잘려 있다. 절단된 딸기 무더기. 딸기는 작은 꽃무늬가 있는 하얀 그릇에 담겨 있다. 나는 그것을 하나 둘 먹기 시작한다. 딸기를 먹으니 기분이 좋고 딸기를 먹으니 가슴의 통증이 있고 그렇게 딸기를 계속 먹으니 가슴의 통증은 사라진다. 나는 홍차를 마셔도 가슴의 통증을 느끼는데 그 이유는 알 수 없다. 아무튼 나는 딸기를 다 먹고 노란 꽃무늬가 있는 하얀 그릇을 본다. 전등 불빛에 반짝이는. 딸기가 사라진. 딸기가 있었다.

하얀

당신은 하얀 핸드백을 들고 걸어가고 있다. 나는 카페에 앉아 유리창 밖으로 보이는 당신을 본다. 당신은 하얗고 작은 핸드백을 들고 걸어간다. 당신은 하얀 장갑을 끼고 있고 하얀 원피스를 입었고 검은 선글라스와 검은 구두를 신었다. 구두의 굽은 높지 않다. 당신의 머리는 금발이 아니며 당신의 머리는 검다. 당신의 머리에는 모자가 없으며 커다란 리본도 없다. 당신은 머리를 올려 묶고 있다. 나는 당신을 한번에 보고 당신의 하얀 가죽 백을 본다. 나는 그 하얀 백의 흠을 보지 못했다. 당신은 정지하고 당신은 사라진다. 나는 하얀 백을 들고 가는 당신을 카페에 앉아 보고 있었다.

스칸디나비아

국립의료원 스칸디나비안 클럽 정원 벤치에 앉아 커피를 마시며 담배 한 대 피웠다. 어둠 속에서. 환한 스칸디나비안 클럽은 크리스마스 장식등을 달았고 손님이 하나 둘 셋 넷 다섯 여섯 일곱 있었다. 환의를 입은 여자가 링거 걸대를 끌고 가고 있었다. 나는 담배를 한 대 피우고 모텔 로제를 지나 민정 식당을 지나 버스 정류장으로 가며 러시아어와 일본어를 들었다. 나는 추위와 굶주림과 크리스마스의 따뜻한 실내의 단란함을 생각하며 버스에 올랐다. 버스는 어두운 강을 건넜다. 스칸디나비안 클럽이 내세우는 바이킹 뷔페라는 단어는 이채로웠다. 나는 스칸디나비안 클럽에서 사랑하는 사람들과 슬픔 따위를 삼킬 수 있을 것이라 생각했다. 나는 버스에서 내려 집까지 뛰었다.

보았다

　목련이 꽃 피우려는 것을 보았다. 회양목 노란 꽃을 보았다. 산수유 노란 꽃을 보았다. 까치가 짖는 것을 보았다. 박새가 지저귀는 것을 보았다. 녹은 땅 위로 풀들이 나오는 것을 보았다. 갯버들이 노란 꽃을 드러내는 것을 보았다. 그가 편의점으로 들어가 담배를 사는 것을 보았다. 그가 버스 맨 뒷자리 구석에 앉아 창밖을 보는 것을 보았다. 그가 아침을 준비하는 것을 보았다. 그가 창밖을 보는 그처럼 창밖을 보며 바나나를 먹는 것을 보았다. 그가 밥집의 벽에 기대어 소주잔을 바라보는 것을 보았다. 그가 맨발로 뛰어나가 울며 불며 그를 부르는 것을 보았다. 그가 술집에서 피아노를 치는 것을 보았다. 그가 비상계단참으로 나가 담배를 피우는 것을 보았다. 강변에 좌초한 오리배를 보았다. 봄의 시작에서 빨갛고 파랗고 노란 카누를 타고 노 저어 가는 백인 여자 둘과 황인 여자 하나를 보았다. 아직 북쪽으로 떠나지 않은 오리들을 보았다. 그가 옛날에 이름 지은 그의 섬을 보았다. 그가 그가 한 말을 추억하는 것을 보았다. 유니폼을 입지 않은 축구 선수 둘을 보았다. 같은 말을 반복하는 젊은이의 술주정을 보았다. 봄의 소문을 보았다. 그가 시를 쓰고 있는 것을 보았다. 봄이 지나가는 것을 보았다. 봄이 한번 더 지나가는 것을 보았다.

허기

허기를 가지고 강을 건넜다. 오리들. 허기를 가지고 강을 건넜다. 얼음. 나는 허기를 가지고 강을 건너며 무언가를 잊었다. 구름들. 나는 허기를 가지고 강을 건너며, 나는 허기를 가지고 강을 건너며 너를 잊었다. 갈매기들. 나는 허기를 가지고 강을 건너며 너의 윤곽을 떠올리지 않았다. 나는 허기를 가지고 강을 건너며 갈피를 버렸다. 나는 자양동에 갔고 나는 자양동에 갔다. 허기를 가지고 갈피를 버리며. 뒤돌아보지 못하고. 입을 다물고. 나는. 그날. 거기를 벗어났다. 나는 웃었다. 마지막으로. 허기를 가지고 강을 건넜다. 허기를 가지고. 낙백하며 낙백으로. 허기와 함께. 가령. 마지막으로 허기를 가지고. 강을 건넜다.

우울

우울 속에서. 나의 복도. 나의 사이렌. 나의 헬리콥터. 나의 우울. 우울 속에서. 나의 증오. 증오 속에서. 그것은 서로. 그것은 서로 닮았다. 연속적으로 부서지는. 회한. 목탁 소리. 어디선가. 서 있는. 그것은 나의 복도. 그것은 나의 전구. 그것은 나의 하늘. 그것은 나의 자동차. 그것은 나의 정원. 그것은 나의 이발소. 그것은 나의 바지. 우울 속에서. 그것은 나의 우산. 그것은 나의 울타리. 그것은 나의 한숨. 그것은 나의 통증. 그것은 나의 그림. 우울. 우울 속에서. 그것은 나의 책. 그것은 나의 전기청소기. 그것은 나의 전기기타. 그것은 나의 전기. 그것은 나의 유서. 그것은 나의 단두대. 그것은 나의 십자가. 그것은 나의 언덕. 그것은 나의 나체. 그것은 나의 잔. 그것은 나의 식탁. 그것은 나의 책상. 그것은 나의 축구공. 그것은 나의 구두. 그것은 나의 신발. 그것은 나의 샌드백. 그것은 나의 글러브. 그것은 나의 눈사람. 그것은 나의 복도. 나의 우울. 나의. 그것은 모두 나의 것. 우울 속에서.

우울

우울 속에서, 다시 겨울이다. 다시 겨울이고, 다시 겨울이다. 나는 앉아 있다. 나는 서 있다. 나는 누워 있다. 우울 속에서, 다시 겨울이다. 겨울의 대기는 차다. 겨울의 그림자는 가을의 그림자보다 가볍다. 나는 오전에 책을 읽는다. 나는 오전에 담배를 피우고 커피를 마시고 바나나를 한 개 먹었다. 우울 속에서. 어떤 장소들의 이미지는 어떤 장소들의 이미지이다. 그것은 거기에 머물다 증발한다. 감쪽같이. 감쪽. 나는 그때 중학동을 지나가고 있었다. 나는 그때 수송동을 지나가고 있었다. 나는 그때 사직동을 지나가고 있었다. 나는 그때 중림동을 지나가고 있었다. 나는 그때 이수동을 지나가고 있었다. 나는 그때 남현동을 지나가고 있었다. 나는 그때 예장동을 지나가고 있었다. 나는 그때 통인동을 지나가고 있었다. 나는 그때 궁정동을 지나가고 있었다. 나는 그때 부암동을 지나가고 있었다. 나는 그때 아현동을 지나가고 있었다. 나는 지나서 갔다. 나는 지나서 가는 나였다. 우울 속에서. 겨울의 바람은 차다. 겨울의 풀은 불쌍하다. 나는 겨울의 풀을 밟으며 나를 하나 둘 버린다. 꽃잎을 하나 둘 떼어버리는 것처럼. 나는 저기 있고 나는 저기 있다. 겨울이다. 다시 겨울이다. 나는 겨울의 우울 속에 겨울의 그림자로 있다. 나는 있지 않았다. 나는 있으려고 했으나 있지 못했다. 나는 있지도 않은데 썼다. 나는 쓰는 나다. 무엇이든. 나는 우울 속에서 쓴다. 겨울이다. 다시 겨울이다. 이 겨울의 그림자는 가볍고, 혼신을 다하는 그림자일 것이다. 겨

울의 그림자와 우울 속의 나는 친하다. 모든 것은 같고 나는
아무것도 아니다. 하늘은 파랗다.

은행나무 잎은 흔들리고

　　은행나무 잎은 흔들리고 너는 일어나 밖으로 나가고 은행나무 잎은 흔들리고 너는 훌쩍이며 그것을 들고 저기에서 저기로 가고 은행나무 잎은 노랗게 빛나고 흔들리고 너는 그것을 들고 문득 멈추고 은행나무 잎은 흔들리고 겨울에 겨울에 겨울에 겨울에 우리는 같은 곳에 있고 겨울에 은행나무 잎은 흔들려 벅차고 겨울에 겨울에 은행나무 잎은 흔들리고 문득 너는 언덕을 오르고 은행나무 잎은 흔들리고 너는 숲을 벗어나 벌판에 있고 은행나무 잎은 흔들리고 너는 무언가를 들고 어디론가 가고 은행나무 잎은 흔들리고 너는 골목으로 들어가 우는데 은행나무 잎은 흔들리고 곧 얼음이 얼고 은행나무 잎은 흔들리고 은행나무 잎은 노랗게 흔들리고 은행나무 잎은 흔들리고 너는 가방을 들고 걸어가는데 은행나무 잎은 흔들리고 은행나무 잎은 흔들리고 너는 누군가를 기다리고 은행나무 잎은 흔들리고 은행나무 잎은 흔들리고 겨울에 가을에 겨울에 봄에 은행나무 잎은 흔들리고.

오류

　오류에 오류를 쌓듯이 계단을 오르고 계단을 내려가고 오
류에 오류를 쌓는 것처럼 층계참에서 하늘을 보고 땅을 보
고 그 중간 어디쯤을 보고 오류에 오류를 쌓고 오류동의 서
울럭비구장에서 비 오는 날 홀로 담배 한 대를 피우며 선수
들의 움직임을 상상하는 것처럼 오류에 오류를 쌓고 오류
가 오류를 낳고 다섯 그루의 버드나무도 없이 모옥도 와옥
도 없이 없이도 없이 오류는 오류를 낳고 오류에 오류를 쌓
고 오류에 오류를 쌓듯이 오류에 오류를 쌓고 습관적으로
너를 사랑하고 습관적으로 더이상 너를 사랑하지 않고 오류
에 오류를 쌓듯이 지금 전투기 지나가는 가을 하늘이고 뭉
게구름은 두둥실 오류에 오류를 쌓는 것처럼 책을 덮은 창
밖은 오후이고 가을이고 그리움은 마르고 마지막 쓰르라미
는 토할 것을 마저 토하고 오류에 오류는 쌓이고 그리움은
발바닥의 땀과 같고 그렇게 서로 닮고 오류에 오류를 쌓고
절망은 절망을 배반하며 망각에 이르는 절망이고 커피는 식
고 그리움도 쌓이고 오류에 오류를 쌓고 굳고 마르고 부서
지고 흘러가고 조용하고.

오늘

　오늘 같은 날은 창문을 열고 싶지 않다. 오늘 같은 날은 사전을 열고 싶지 않다. 오늘 같은 날은 냉장고를 열고 싶지 않다. 오늘 같은 날은 지퍼를 열고 오줌을 누고 싶지 않다. 오늘 같은 날은 그것의 끝에서라는 시를 읽고 싶지 않고 오늘 같은 날에는 끝을 보고 싶지 않다. 오늘 같은 날은 공원이라는 시를 네게 보여주고 싶지 않고 오늘 같은 날은 선물받은 펜으로 흰 종이 위에 너의 이름을 쓰고 싶지 않다. 오늘 같은 날은 전위 시인의 퍼포먼스에 참여하고 싶지 않고 오늘 같은 날은 참여 시인의 호소에 어떤 언급도 하고 싶지 않다. 오늘 같은 날은 뜨거운 차를 마시고 싶지 않고 오늘 같은 날은 차가운 콜라를 마시고 싶지 않다. 오늘 같은 날은 박새가 나란히 나란히 날아가는 것을 보고 싶지 않고 오늘 같은 날은 소녀들이 어깨동무하고 가며 불어를 지껄이는 것을 듣고 싶지 않다. 오늘 같은 날은 헬리콥터가 파란 하늘 저 깊이로 멀어져가는 것을 보고 싶지 않고 오늘 같은 날은 너의 잠을 관찰하고 싶지 않다. 오늘 같은 날은 나의 잠을 너에게 주고 싶지 않고 오늘 같은 날은 외설과 예술과 스캔들을 구분하고 싶지 않다. 오늘 같은 날은 잊은 것을 기억하고 싶지 않고 오늘 같은 날은 공항 에스컬레이터를 바라보고 싶지 않다. 오늘 같은 날은 네가 보고 싶지 않고 오늘 같은 날은 너의 취한 꼴도 보고 싶지 않다. 오늘 같은 날은 축구 선수의 회고를 들어보고 싶지 않고 오늘 같은 날은 너의 한숨소리를 듣고 싶지 않다. 오늘 같은 날은 어떤 비난도 듣고 싶지 않고 오늘 같은 날은 엄마에게 전화하고 싶지 않다.
오늘 같은 날은 남산제비꽃을 보고 싶지 않고 오늘 같은 날
은 서울귀룽나무를 보고 싶지 않다. 오늘 같은 날은 국수나
무 아래에서 국수를 먹고 싶지 않고 오늘 같은 날은 술청을
걷어차며 지청구를 하고 싶지 않다. 오늘 같은 날은 새로운
형식의 시를 시도하고 싶지 않고 오늘 같은 날은 당신의 시
를 읽으며 한숨짓고 싶지 않다. 오늘 같은 날은 시궁창을 피
해 조심해 걷고 싶지 않고 오늘 같은 날은 비에 젖어 거리를
걷고 싶지 않다. 오늘 같은 날은 흐리게 흔들리며 책상 쪽으
로 걸어가다 쓰러지고 싶지 않고 오늘 같은 날은 창밖을 보
다가 문득 창밖으로 떨어지고 싶지 않다. 오늘 같은 날은 삼
척에 가고 싶지 않고 오늘 같은 날은 금산에 가고 싶지 않다.
오늘 같은 날은 지푸라기 여인을 소환하고 싶지도 않고 오
늘 같은 날은 그림자 새를 보고 싶지도 않다. 오늘 같은 날
은 누워 있고 싶지 않고 오늘 같은 날은 앉아 있고 싶지 않
다. 오늘 같은 날은 네게 술을 따르고 싶지 않고 오늘 같은
날은 너의 사랑이 필요 없다. 오늘 같은 날은 도대체 잉크에
내 손가락을 더럽히고 싶지 않다.

없다

없어도 갈 수 있고, 바람 부는 날, 없이도 갈 수 있고, 바람 불어 좋은 날, 그것 없이도, 없이, 나는 갈 수 있었고, 없이, 너는 그 언덕에서, 그 언덕 없이, 그것 없이 흐르며 갈 수 있고, 네가, 너는 언덕에서 미끄러지며 웃으며 그것 없이, 봄에, 진눈깨비 속에서, 서럽게, 그것 없이도 갈 수 있고, 그러나, 그러니, 그러니까 갈 수 있고, 할 수 있고, 없이, 없이도, 얼마든지, 없이, 그러니까, 너의 뒷모습만, 그러니까, 너는 문을 열고 복도, 복도를 지나 고개를 들고 물을 흘리며 고개를 들고 고개를 숙이고 없이도, 물이 끓고 있는 그 속에서, 그러나, 없이, 바람이 불고 너의 속으로, 그러나, 다른, 그러니까, 없이도 갈 수, 없이, 없이도, 갈 수 있고, 있었다. 너는 그러니까 너는 나를 보고 웃는다. 웃으며 우리는 모래언덕을 지나 바다 여관을 지나 바다에서 바닷소리를 들으며 방파제 위에서 손 잡고 저 너머로 저기로, 없이도, 여기 없이, 저기 없이, 그것 없이 갈 수, 갈 수 있었는데 갈 수 있었는데 갈 수도 있었는데 무언가, 너는 나는 내가 그러니까, 없이도, 처음부터 시작할 수도, 없이, 흐르며, 그러니까, 결국, 아니, 그러니까 없이, 없이도 갈 수 있었다. 있었다.

겨울

겨울. 아름다운 겨울. 겨울의 아름다운 기억. 너는 눈밭을 걷고 있다. 너는 눈 덮인 언덕을 오르고 있다. 밭과 언덕. 고랑과 이랑. 두둑. 둔덕. 두덩. 겨울. 너는 편백나무 한 그루를 본다. 편백나무 너머 언덕 너머. 거기에는 편백나무 숲이 있거나 오리나무 숲이 있다. 너는 세탁기 소리를 떠올린다. 새소리를 들으며. 아름다운 새소리를 들으며. 그러나. 너의 죽음은 세탁기 돌아가는 소리이리라. 너는 네가 시에 쓴 새들의 이름을 떠올린다. 너는 모르는 새들을 좋아한다. 모르는 언어를 좋아하는 것처럼. 콥트. 아람. 몽골. 루마니아. 너는 언덕을 오른다. 눈으로 뒤덮인 언덕을. 뒤……덮……다…… 온통. 너는 언덕을 오른다. 겨울에. 아름다운 기억을 찾아서. 죽은 것은 조용하고 아름답다. 언덕. 눈 덮인 언덕. 눈으로 뒤덮인 언덕. 그 위의 측백나무. 전나무여도 좋을. 젓나무도 좋고. 소나무여도 상관없을. 잣나무는 물론이고. 화백나무도 나쁘지 않고. 나의 겨울. 너의 겨울. 당신의 겨울. 측백나무 아래. 한 마리 고라니. 수염이 귀여운. 아니 송곳니가 귀여운. 아니 등허리가 귀여운. 아니 발굽이 귀여운. 아니 짧은 꼬리가 귀여운. 아니 폴짝거림이 귀여운. 아니 문득 고개돌림이 귀여운. 아니 문득 멈춤이 귀여운. 무엇보다 궁둥이가 귀여운. 아니 눈망울이 귀여운. 아니 길고 따뜻하고 젖은 혀가 귀여운. 죽어도 귀여운. 고라니. 꽃사슴이거나 산양이어도 상관없을. 임팔라나 순록이어도 좋을. 송아지라고 할지라도. 망아지여도 좋을. 그런.

그런 것이 측백나무 아래 있고. 나는 당신과. 눈 덮인 언덕
을 오른다. 발은 눈 속에 잠기고. 문득 뒤돌아보면. 아름다
운 우리 발자국. 그것은 말이 없고. 그것은 말을 잃고. 그것
은 흔적으로 남아. 그것은 흐릿함으로 남아. 밥 짓는 연기
처럼 사라지고. 그런데. 언덕 너머에는. 아직 가보지 못했지
만. 언덕 너머에는 오리나무 숲이 있을까. 검은머리방울새
가 한꺼번에 죽는. 오리나무 숲이 있을까. 그곳에서 당신은
어쩔 수 없어 웃고 있을까. 우리는. 그러니까 너와 나는. 키
스도 하면서. 차가운 손으로 엉덩이 맨살을 주무르기도 하
면서. 따뜻하고 부드러워라. 목에 키스하며. 성기를 주무르
기도 하면서. 웃으며. 언덕을 오르고 있는가. 있을 것이다.
그것은 항상 거기에 있을 것이다. 너는 눈의 결정에 대해 말
하고. 나는 떼어낸 개구리 다리에 대해 말했다. 우리의 웃
음은 오리나무 숲 너머로 날아갔지. 너와 내가 모르는 도시
로. 항구로. 나라로. 들판으로. 폐허로. 황야로. 겨울에. 눈
내린 겨울에. 모든 것들이 어깨에 어깨를 대고 뺨에 뺨을 대
고 있는 겨울에. 우리는. 너와 나는. 천천히 지워지면서. 눈
덮인 언덕을 오르고 있는 것이다. 그래, 아름답게. 바로 옆
의 겨울로 이동하며. 우물쭈물하며. 웃으며. 바보처럼. 겨
울 바보처럼. 고드름의 바보. 오리나무의 바보. 검은머리방
울새의 바보. 게슴츠레의 바보. 거슴츠레의 바보. 가슴츠레
의 바보. 황칠나무의 바보. 꽝꽝나무의 바보. 키스의 바보.
섹스의 바보. 엉덩이의 바보. 궁둥이의 바보. 자지의 바보.

보지의 바보. 돼지의 바보. 거지의 바보. 지지의 바보. 중얼
거리며. 햇빛처럼. 네가 좋아하는 햇빛처럼 웃으며. 우리는.
겨울. 언덕을. 끝없이. 오르고. 있다. 겨울에. 겨울에. 언제
나. 늘. 언덕을. 눈 덮인. 하얀. 너처럼. 하얀. 언덕을. 오르
고 있었다. 아름다웠는가. 그날. 그 언저리를 어른거릴 때.

흐릿하다

흐릿하다. 흐릿함은 흐릿하다. 그것은 소리를 가진다. 관념적이다. 다시 흐릿하다. 어지럽다. 그러나 계속된다. 함께. 입을 다물고. 침묵 속에서. 안에서. 눈이 내렸다. 새벽의 거리에. 너는 돌을 줍는다. 너는 돌을 던진다. 너는 주운 돌을 던진다. 너는 발자국을 남긴다. 너의 뒤에. 해가 뜬다. 해는 눈을 녹인다. 꽃이 핀다. 새가 난다. 흐릿하다. 흐릿한 것은 흐른다. 흐릿한 것은 흐리게 흐르는 흐릿한 것이다. 정확하다. 정확하게 흐릿하다. 아무 생각도 없다. 하나의 시를 쓰고 둘의 시를 쓴다. 몸을 씻고 다리를 꼬고. 그는 무언가를 읽는다. 그는 그가 읽은 것의 문장을 전혀 기억하지 못한다. 어떤 느낌만 남는다. 그는 퇴행과 진행을 번갈아 하고 있다. 조금 진행하고 많이 퇴행한다. 많이 퇴행한 후에는 많이 진행한다. 비약한다. 흐릿하다. 고개를 숙이고 있다. 너는 너의 손을 들어 얼굴로 가져간다. 너는 너의 손을 들어 얼굴로 가져가 너의 얼굴을 만진다. 너는 너의 손을 들어 너의 얼굴을 만지며 모종의 괴로움을 느낀다. 너는 겨울에. 흐릿하다. 너는 겨울에. 너의 손을 들어 너의 얼굴로 가져가 너의 겨울의 얼굴을 만진다. 흐릿하다. 다시. 너의 겨울 얼굴. 너의 겨울 얼굴을 너는 만진다. 손으로. 어루만진다. 이제 너는 너의 겨울 얼굴을 양손에 파묻는다. 그러니까 너는 너의 양손으로 너의 겨울 얼굴을 감싼다. 그러니까 너는 너의 겨울 양손으로 너의 겨울 얼굴을 어루만진다. 그러니까 너는 너의 겨울의 두 손으로 너의 겨울의 얼굴을 감싼다. 그러니까 너는 너의 겨울의 오른손과 왼손으로 너의 겨울의 얼굴의 표면을 어루만지며 운다. 울지 않는다. 그런 일은 없다. 그런 일은 그러나 있다. 흐릿하다. 너는 허리를 펴고 이 시를 쓰고 있다. 너는 허리를 구부리고 이 시를 쓰고 있다. 너는 허리를 펴기도 하고 구부리기도 하며 이 시를 쓰고 있다. 흐릿하다. 손을 들면, 손에 잡히는 것이. 그러나. 없다. 너는 붉은 지붕을 언덕 위에서 본다. 너는 파란 지붕을 언덕 위에서 본다. 너는 초록 지붕을 언덕 위에서 본다. 너는 회색 지붕을 언덕 위에서 본다. 너는 하얀 지붕을 언덕 위에서 본다. 너는 지붕들을 본다. 너는 언덕을 내려가며 지붕들을 본다. 너는 언덕을 내려가며 창문을 본다. 너는 창문을 보며 너의 삶과 죽음을 한순간의 일로 회상한다. 너는 빨랫줄에 걸려 흔들리는 빨래집게 같은 존재이다. 너는 그래도 너의 길을 간다. 너는 급히 집으로 돌아가 너의 시를 쓴다. 너는 다시 파탄이다. 너는 다시 너의 파탄이다. 너는 소멸로 향해 갈 것이다. 너는 끝내 너를 소진할 것이다. 너는 어떤 것도 남기지 않을 것이다. 너는 어떤 소리를 듣는다. 그것은 내면의 소리다. 그것은 외면의 소리다. 물이 흐른다. 쓰레기와 함께. 체념한 침묵. 절망적이다. 애초에. 희망이 없었으므로. 어떤 소리가 들린다. 멀리서 들리는 소리. 바깥에서 들리는 소리. 안에서 들리는 소리. 속에서 들리는 소리. 그것은 하나의 광기인가. 흐릿한 광기인가. 흐릿한 치매. 그것은 다시 흐릿하다. 너는 하나의 소리가 된다. 쉽게 잊힐. 너의 목소리를 듣는다. 그리고 관념이란 존재하지 않는다.

비 오는 날

비가 온다. 버스는 언덕을 넘고 있다. 언덕을 넘는 버스가 있으면 노을 앞으로 지나가는 버스도 있을 것이다. 그는 걸음을 재촉한다. 버스는 노을을 향해 달린다. 이 문장은 비유가 아니다. 과속. 그는 버스에 오른다. 늙은 운전수. 그는 늙은 운전수가 급히 출발할 것을 예상하고 모종의 밸런스를 잡으려고 한다. 그는 조금 흔들리며 맨 뒷자리의 바로 앞자리, 그러니까 남과 함께 앉지 않아도 되는 자리에 가 앉는다. 그가 가장 좋아하는 자리다. 그의 바로 앞자리에는 한 젊은 여자가 책을 읽고 있다. 그는 그 책의 제목이 궁금하다. 그 젊은 여자는 곧 하차하는데, 그전에 책을 닫고 그 책을 가방에 넣는다. 그는 그 책의 제목을 본다. 외로운 남자. 이오네스코. 그가 좋아하는 책이다. 그는 그 책을 불어로도 읽었다. 쉽고 재미있고 우울하고 좋은 소설이다. 물론 그가 볼 때. 그는 남자라는 말이 들어간 서양의 소설을 좋아한다. 여자에 덮인 남자. 성격 없는 남자. 자는 남자. 음울한 미남. 젊은 아담. 토하는 남자. 등등. 이오네스코를 가방에 넣은 여자는 버스에서 내린다. 그는 버스 안의 사람들의 머리를 본다. 그는 그가 앉은 자리, 그러니까 진행방향을 정면으로 보았을 때 오른쪽, 부터 보기 시작한다. 늙은 남자. 젊은 여자. 젊지 않은 여자. 젊은 여자. 남자(그). 이제 왼쪽. 그의 옆부터. 젊음을 막 벗어난 여자. 젊은 여자 하나 내림. 젊지 않은 여자 하나 타고. 늙은 남자. 여자아이와 엄마. 여자아이와 엄마 내리고. 다시 젊지 않은 여자. 안 젊은 여자. 그 여

자보다 젊은 여자. 젊은 남자. 젊은 여자 하나 내리고. 늙은
운전수. 이오네스코를 읽던 한 젊은 여자의 자리에 다른 한
젊은 여자 착석. 그 젊은 여자의 등에는 THE ORIGINAL이
라는 붉은 글씨가 프린트되어 있다. 등이 아니라 상의의 뒷
면에. 그가 볼 때 앞. 그에겐 베케트의 수학이 필요하다. 돌
멩이들이 어디로 가는지. 계단은 도대체 몇 개인지. 다른 말
이지만 점근선은 도대체 무엇인지. 프랙털은 도대체 무엇인
지. 도무지는 또 무엇인지. 기타 등등. THE ORIGINAL다
음에는 wear with purpose. 다음에는 since 1922(1922년에
발생한 사건들을 최대한 길게 나열할 것). 젊지 않은 여자
내림. 젊지 않은 남자. 모두 스무 명. 상수역을 지나가고 있
음. 극동방송국. 열일곱. 며칠 전. 같은 버스 안에서 그가 밖
을 볼 때. 지나가던 김책. 망원동. 드러머. 특유의 미소. 세
명 타고 세 명 내림. 산울림소극장. 누군가 고도를 기다릴
것이고. 그가 내리면서 버스는 열여섯이 되어 달린다. 과속
으로. 언덕을 넘어 호평 빌딩. 2층. 문지문화원사이. lecture
theatre a. 오후 5:52.

무극

수첩 하나가 끝났다. 메모한 것들을 옮겨본다. 다는 말고.
찢어서 버린 것이 더 많다. 내겐 메모 수첩이 둘이다. 하나
는 집에서 다른 하나는 휴대용. 둘은 서로 바뀌기도 한다.
2013년 3월부터 시작한다. 김포공항. 진항공. 제주. 제주시
고마로. Marie 산부인과. 조천읍 와흘리. 동우. 화북천. 와
흘 본향당. 다랑쉬오름. 곶자왈. 비자림. 사려니숲. 함덕해
변. 김녕해변. GRID. 월정리해변. 조르바 커피. 터키식. 간
세. 용눈이오름. 아끈다랑쉬오름. 그림이 몇 있다. 오름을
그렸다. 구름에 가려 흐려진 한라산. 산은 흐려진다. 구실잣
밤나무. 제주시생활체육공원. 후박나무. 산천단 곰솔. 연려
실기술. 조천진 연북정. 멋쟁이새. 사라봉. 삼성혈. 전농로
벚나무길. 4D GAME LAND. 동우. 철권. 남춘식당. 청귤로.
제주동여중. 동광초에서 동우와 축구. 5·16도로. 알락할미
새. 탐라견문록. 정운경. Beach Story Hotel. 조천11길. 돈
지. 연담. 와흘에서 봉개까지. 비바람. 제주의 바람을 처음
으로 경험하다. 포복 몇 번. 굼부리. 어떤 장소를 떠날 때, 그
장소를 조금 알게 되는 듯하다. 제주를 떠난다. 의자가 하나
있다, 로 시작하는 시가 있다. 유치하다. 밭담. 4·3. 350인
남로당 무장대 토벌을 위해 3만 명의 민간인 희생. 제주민의
1할. 토벌. 반란자 등 적이 되어 맞서는 무리를 병력으로 공
격하여 없앰. 정뜨르. 제주공항. 97번 도로. 테우리. 말치기.
먼나무. 고요한 광기. 강의 계획과 공부 계획에 관한 메모가
있으나 무의미하다. 애월읍. 아루요. 김포공항. 전입신고서.

블랑쇼. 샤워 헤드. 타일. 못. 전동 드릴. em 활성액. 변기.
우체국. 고물. 박지혜의 메모가 있다. 순대일번지. 황태촌.
마산아구찜. 또또칼국수. 원조일산비빔국수. 도을경. 정광
수돈까스. 가원. 협천돼지국밥. 상암기사식당. 소담골. 이중
에 단골이 된 곳은 두 곳뿐이다. 아직 가보지 못한 곳도 있
다. 이곳 말고 단골이 된 곳이 많다. 망원동으로 이사 와서
외식이 잦다. 압구정동에서는 외식을 거의 하지 않았다. 우
리는 외식을 좋아한다. 부원면옥. 을밀대. 을지면옥. 평양냉
면. 북촌평양냉면. 강서면옥. 우래옥. 평가옥. 필동면옥. 남
포면옥. 만포면옥. 평미가. 평양면옥. 서북면옥. 만가옥. 보
토 슈트라우스. 흥부골. 호남돼지마당. 나들목. curd duca.
산딸나무. Maulpoix. 사데크 헤다야트 눈먼 부엉이. ochik-
show. 버로스 붉은 밤의 도시들 곽은경. 파주 nfc. 낫소 투
지 fa. leningrad cowboys go america. 11 김철연. 12 강상
민. 부탄츄. 제임스 설터 어젯밤 가벼운 나날. 하인학교. 불
안의 꽃. 장 마생. 로베스 피에르. 괴벨스 대중 선동의 심리
학. 네차예프 혁명가의 교리문답. 알베르 소부울 프랑스 대
혁명사. 가톨릭 성인전. 유수지. 독서. 주말 소설가. hélène
delavaux. delavault. che vuoi. 수학의 명제는 어떤 사상도
표현하지 않는다. 만리성. 안동장. 팔선생. 신승관. 오구반
점. 신신원. 현래장. 신성각. 명화원. 복성각. 개화. 매화. 동
화반점. Sookie sookie. espers. mountain man. 한대/성대
4. 세상의 모든 아침. heaven to betsy. 해 뜨기 전이 가장 어

둡다. meg baird. bert jansch. my red self. 모든 문장. 낙산
냉면. 동아냉면. 해주냉면. 깃대봉냉면. 정영문. 조석재(건
대). 류승우. 김현(성남). 김용환(숭실대). 루크레티우스 사
물의 본성에 관하여. the zombies she's not there. the phan-
tom love me. townes van zandt nothing. tim rose morning
dew. moe tucker will you still love me tomorrow. 闖 엿볼
틈. deasil 우로 돌아서. 동에서 서로. 시계 방향. 페렉 잠자
는 남자. 도라지. 홍삼. 굴. 파프리카. 시금치. 감자. 건포도.
상추. 청국장. 소고기. 매실. 두유. 치즈. 두부. 계란. 효창
3. captain beefheart. 이준규. 윤승천. 서수찬. 김중식. 서
영채. 함기석. 채풍묵. 김요안. 최치언. 고영민. 이시백. 고
영. 우대식. 이창수. 전윤호. 김요일. 박정대. 김왕노. 조현
석. 황종권. 박지웅. 이상윤. 윤관영. 부자부대찌개. hareng
saur. all day & all of the night kinks. julien blaine. 합정
역 5. poupée de cire, poupée de son. 그는. 비. 피피커피.
MC5. 11:30 카타르. 장거리. 단거리. 경마. 마차. 트럼펫.
붉은배지빠귀. 굴뚝새. 잔반봉투. 라면. 담배. 커피. 이정화
먼 길. 마음. alain renais chris marker les statues meurent
aussi. cecil hepworth percy stow alice in wonderland. jill
the box. edwin collins a girl like you. 윙거 대리석 절벽 위
에서. 들뢰즈 소진된 인간. 막스 피카르트 인간과 말. 침묵
의 세계. 존 버거 본다는 것의 의미. bourvil salade de fruits.
이언진 골목길 나의 집. 잔달다. 잘고 다랍다. 전병수. 정현

철. 최성민. 안현범. 이브 본푸아 빛 없이 있던 것. 조반니
파피니 도망가는 거울. 보르헤스 바벨의 도서관. 무 반. 대
파. 간장. 물. 소금. 고춧가루. 설탕. 고추. 마늘. 명태. 잠재
문학실험실. 그는 어느 날 한 편의 시를 쓰고... 팅커벨 꽃
집. 각 시의 길이를 반 이상으로 줄이고... 크리스티앙 도
트르몽. 광덕산. 철망산. 멸치. 물. 고춧가루. 청양고추. 애
호박. 두부. 팽이버섯. 네모. 11:50 sbs. gil wolman. robert
filliou. je suis immortel et vivant. maurice lemaître. chris-
tian dotremont. l'anticoncept. 52. 23. melville the piazza
tales. 알랭 바디우 베케트. 반복 파일 재독. 김정희 개여울.
이회목. 잔다리. jonathan richman. 삼성안과. 테플렉스 바
이싹. 형광등 교체. 전북 김제 광활면. 수류성당. 김규동 시
전집. cliff richard. 필립 딕 안드로이드는 전기양의 꿈을 꾸
는가. naked raygun. shellac. canned heat. the drifters. ron
mckernan grateful dead. kristen pfaff hole bass. 8:30 축
구 sbs. lightnin' hopkins, mississippi john hurt, elizabeth
cotton, schubert nacht und träume ian bostridge. 우도. 성
산일출봉. 지미봉. 은월봉. 두산봉. 우도. 성산일출봉. 대왕
산. 두산봉. 수첩의 앞뒤에는 연세대학교라고 돼 있고 윤동
주의 서시가 그의 글씨로 인쇄되어 있다. 무극사.

2013

2013년 달력엔 이런 것이 쓰여 있었다. 갤러리현대, 사이,
석주, 사이, 아스널, 사이, 아스널, 서정시학, 능곡중, 사구
재, 사이, 순순이, 입춘, 홀리 모터스, 사이, 크로아티아, 사
이, 예술가의집, 우수, 사이, 현대문학, 아현중, 왕십리, 사
이, 우리수산, 대림미술관, 구슬모아당구장, 시와반시, 상
암, 천안, 사이, 포탈라, 훈규, 제니, 합정역, 졸, 시화고, 현
대, 영문산악회, 사이, 사이, 유리그, 효창, 연대, 마들, 효
창, 탄천, 동서등산, 사이, 아르코, 지혜, 광명, 효창, 마들,
효창, 사이, 카타르, 효창, 효창, 중동고, 연대, 효창, 재미
공작소, 효창, 한겨레, 천안, 상암, 사이, 숭실대, 효창, 라
즈테, 효창, 효창, 사이, 사이, 트위터, 상암, 한겨레, 시와반
시, 시인동네, 효창, 상솔레이, 사이, 연대, 효창, 레벨 5, 상
암, 사이, 이상, 능곡중, 이사, 바퀴약, 한겨레, 효창, 사이,
상암, 효창, 효창, 사이, 고대, 숭실대, 한겨레, 상암, 고대,
제니, 광명, 광운대, 고대, 효창, 경희대, 효창, 광명, 효창,
파주, 광명, 고대, 연대, 효창, 상암, 우즈베키스탄, 광명, 광
명, 효창, 목동, 효창, 스페인, 우루과이, 신성각, 포르투갈,
강성은, 나이지리아, 효창, 스페인, 중앙고, 효창, 콜롬비아,
병원, 설탕, 아현중, 이라크, 시인세계, 동글이, 능곡중, 아
현중, 연대, 시와사람, 원주, 아현중, 일본, 중국, 중국, 일
본, 호주, 일본, 상암, 서울문화재단, 휴강, 사이, 제주, 카
우카우, 수원, 아현중, 아현중, 사이, 페루, 사이, 상암, 아
현중, 서울문화재단, 사이, 동옥, 아현중, 사이, 서울대, 탄

현, 유리그개막, 아이티, 종각, 산소, 트위터, 병원, 사이, 크로아티아, 강성은김언살롱드팩토리, 상암, 민승기, 승권, 광명, 아르코미술관, 아현중, 석주, 성당, 국민은행, 상암, 효창, 대학로, 아현중, 베케트민음사, 고대, 복분자, 연대, 우대식, 축구, 문화역서울, 효창, 광명, 서울역, 글발, 브라질, 이슬람전, 성공회대, 불꽃축제, 말리, 은행, 형광등, 강정바자회, 동글이, 이발, 숭실대, 산소, 태용, 21세기문학, 아현중, 류한길, 화장실청소, 인천, 부대찌개이철경, 닻올림픽, 문례예술공장, 상암, 무대륙, 아현중, 산소천안, 사이, 안과, 문예중앙, 트위터, 농협, 주성치, 서울역인도육교, 언리미티드, 고교왕중왕전, 곰두리파주, 거제종합운동장, 안과, 사이, 동지, 여행, 원주글발, 종호, 스위스, 상암, 상암, 아현중, 사이, 러시아, 중앙박물관, 상암, 현대문학, 미당, 소설, 국립중앙박물관, 상암, 덕수궁, 강원상무, 고등과학원, 시인동네, 대설, 강원상무, 김종삼, 아현중, 홈리스월드컵, 졸, 오미자, 문지, 에스비에스, 형님, 이상, 문동, 민음사, 보성, 이제니, 강성은, 아현중, 동지…… 몇 개는 쓰지 않았다.

눈

눈 덮인, 눈 쌓인, 눈이 내려와 앉은, 땅. 의자도 없이, 바
닥에, 땅바닥에, 겉에, 표면에, 내린, 앉은 눈. 누워 녹아가
는, 언, 눈. 눈이 왔다. 눈이 와서 사방을 하얗게 했다. 하늘
도 하얗다. 밤하늘은 하얗지 않다. 밤하늘엔 별과 달. 눈이
왔다. 우사에도 돈사에도 계사에도 저수지에도 논에도 밭에
도 요양병원에도 무덤에도 기숙학원에도 좁은 길에도 연구
소에도 구멍가게에도 다리 난간 위에도 온통, 눈이 왔다. 노
랑턱멧새 한 마리가 잎 진 은행나무 우듬지에 있다. 그냥 있
다. 본래 그러한 것처럼. 있다. 눈이 와서 있다. 눈이 왔다.
겨울에. 눈이. 왔다. 눈이 떠난다.

아이

아이가 있다. 아이는 작다. 아이는 아이니까 작다. 작은 아이가 있다. 아이는 방에 있다. 아이는 방에 혼자 있다. 아이는 엎드려 있다. 아이는 자지 않는다. 아이는 엎드려서 무언가를 그리고 있다. 아이는 자세를 자주 바꾸며 엎드려 그림을 그리고 있다. 아이는 그림에 집중하고 있다. 아이는 가끔 멈추어 자신의 그림을 본다. 아이는 그림을 그리고 있다. 아이는 크레파스로 그림을 그리고 있다. 아이는 혼자 웃는다. 아이는 그림을 그리고 있다. 아이는 이제 그림을 다 그리고 흩어진 크레파스를 상자에 담는다. 아이는 크레파스를 서랍에 넣는다. 아이는 아이가 그린 그림을 다시 한번 본다. 아이는 스케치북을 덮지 않고 그대로 펼쳐둔 채 밖으로 나간다. 아이는 뛴다. 아이는 언덕을 뛰어내려가고 있다. 아이의 몸이 가벼워진다. 아이는 언덕을 뛰어내려가고 있다. 그림을 그린 후에 아이는 언덕을 뛰어내려가고 있다. 아이가 있었다.

아이

작은 방이다. 노란 장판이 깔려 있다. 벽지는 하얗다. 가구는 많지 않다. 텔레비전이 있다. 플라스틱 밥상이 있다. 아니다. 철 밥상이다. 정확하지 않다. 요강이 있다. 책이 조금 있다. 아이들을 위한 책이다. 세 권짜리 백과사전도 있다. 역시 아이들을 위한 것이다. 부엌이 있다. 연탄을 넣는 아궁이가 있다. 타일을 씌운 부뚜막이 있다. 바닥에도 타일이 깔려 있다. 어쩌면 시멘트 바닥일지도 모른다. 석유 곤로가 있다. 곤로는 풍로라고 써야 하지만, 어쨌든 거기에는 풍로는 없고 곤로가 있다. 부엌의 문을 열면 마당이다. 마당 바닥은 시멘트다. 마당의 구석에는 변소가 있다. 아이는 방에 혼자 있다. 그림을 그리거나 책을 쌓았다가 무너뜨리는 놀이를 하고 있다.

단순

단순한 인용 단순한 표절 단순한 단수 단순한 기억 단순
한 달빛 단순한 공 단순한 술잔 단순한 떨림 단순한 흔들림
단순한 계절 단순한 토마토 단순한 파스타 단순한 파스티
스 단순한 파티 단순한 파르티잔 단순한 파 단순한 신음 단
순한 고백 단순한 부인 단순한 흐름 단순한 붕대 단순한 불
면 단순한 근육 단순한 새떼 단순한 구름 단순한 개개비 단
순한 직박구리 단순한 노래 단순한 전장 단순한 복도 단순
한 거리 단순한 취기 단순한 우울 단순한 요통 단순한 치통
단순한 나물 단순한 미역 단순한 톳 단순한 추억 단순한 너
단순한 끝 단순한 취소 단순한 망각 단순한 광기 단순한 혼
돈 단순한 생

언어의 운동장

송종원(문학평론가)

잃어버린 언어의 기적

한국어가 모국어인 사람이 한국어를 골똘히 들여다보는 일은 드물다. 그런 행위는 마치 자신의 눈을 골똘히 들여다본다는 말처럼 어색하게 느껴진다. 그런데 그러했던 순간이 아예 없지는 않다. 자신의 신체가 제 것인지 몰랐던 시기가 존재하는 것처럼 한글 자모의 모양이나 결합 양상에 놀라기도 하고 한국어의 음성에서 의미가 아니라 감각적 울림을 간파해내던 시기도 분명 존재한다. 우리는 그 시기를 유아기라고 부른다. 말과 글이 모두 서툴던 그때 우리는 어쩌면 모국어가 지닌 이상함과 신기함을 가장 잘 알고 있었는지도 모른다. 그 시기의 언어는 분명 단순히 정보를 전할 때만 사용하는 도구가 아니었다. 그것은 감각적인 자극물들이 덕지덕지 묻어 있는 장난감이기도 했고, 때론 자신의 육체와 곧바로 접속되기도 했고, 또는 뚝 끊겨버리기도 하는 이상한 공명통이기도 했을 것이며, 그것 자체가 이미 눈앞의 세계와는 다른 별도의 세계를 구축하는 유용한 질료였다. 유아기의 언어는 '유년의 기적'을 가능하게 하는 신의 선물이었다고 할 수 있다.

어쩌면 유아기를 통과하면서 사람들은 가장 단순하고 초라한 언어 사용법에 익숙해지는지도 모르겠다. 그런데 우리가 망각한 그 시기를 다시 환기하는 자들이 있다. 시인이 바로 그들이다. 한국어를 사용하는 시인들은 한국어의 이상함을 새로 감각하게 만드는 존재들이다. 우리는 시인들의 언어에 기대 한국어의 생경함을 다시 기억하고, 한국어에 접혀 있는 경험적 지평들을 다시 만난다. 그러나 부작용도 있다. 정해진 정보 전달의 과정에 길들여진 우리는 저 생경함을 자주 난해함으로 받아들인다. 같이 즐길 수 있고 새롭게 실험할 수 있는 조건을 오히려 의심의 대상으로 바라보거나 소통을 가로막는 장애물로 받아들인다는 말이다. 아마도 이준규 시인이라면 저런 오해가 지겨울 정도로 익숙할 것이다.

　처음이 있고 중간이 있고 끝이 있는 이야기만을 원하는 사람들에게 이준규의 시는 처음도 끝도 불분명한 이상한 반복의 구절처럼 보이기 쉽다. 주어가 있고 서술어가 있고 목적어·보어가 있는 문장의 구조를 기대하는 이에게, 그의 시는 때론 어떠한 문장 성분도 되지 못한 조각난 말의 조합처럼 여겨질 것이다. 이준규의 시에 내재한 도저한 우울의 감수성은 또 어떠한가. 그의 시는 한국어에 접혀 있는 쓸쓸함과 우울함을 유연하게 펼쳐낼 테지만, 사람들은 이 우울의 남다른 저력을 확인하기보다는 그것을 단순한 시적 포즈의 효과로 범주화할 것이다. 하지만 이런 오해와 무관하게 그의 시는 무구한 표정을 하고 스스로 자신을 지켜내는 듯 보인다. 그의 언어는 세간의 평가와 무관하게 흐트러짐 없이 자신의 작업을 순연하게 반복하는 중이다.

단어-감각 테크니션

시는 무엇으로 쓰느냐는 질문에, '단어'로 쓴다고 답한 말라르메의 일화는 유명하다. 그런데 막상 한국시의 상황을 떠올려보면 저 일화를 구체적으로 경험하게 해주는 시는 드문 편이다. 여전히 한국의 많은 시들은 단어를 시의 출발점으로 삼기보다는 익숙한 비유법이나 윤리적 전언을 전하려는 의도에서 시작해 그에 효과적인 말들을 그러모으는 방식으로 쓰인다. 말라르메의 저 답변이 착상보다 앞선 단어를 내세우고 있었다면 한국의 많은 시들은 여전히 착상에 골몰하는 경향이 있다. 달리 말해 시인들조차 언어가 지닌 저항성과 물질성에 덜 예민하다는 뜻일 텐데, 이준규 시의 사례에서 우리는 예외를 보게 된다.

관념은 조금 빈 잔이고 모서리가 있다. 모든 관념은 딱딱한 모서리를 가진다. 바람은 불었다. 언덕은 부드럽게 무너진다. 나는 언덕 아래로 내려가 언덕 위를 바라보는 하나의 뚜렷한 관념이었다. 관념은 두부 같고 관념은 두부를 찍어 먹는 간장 같아서 나는 조랑말을 끌고 산을 넘었다. 만두가 있을 것이다. 관념적인 만두. 봄이다. 강은 향기롭다. 봄이고 강은 향기롭고 홍머리오리는 아직 강을 떠나지 않는다. 흰죽지도 그렇다. 물 위엔 거룻배. 하늘엔 헬리콥터. 그것은 모두 사라진다. 관념적인 동그라미

와 함께. 어떤 연인들처럼. 비처럼. 눈물처럼. 봄은 향기
롭다. 나는 길을 갔다. 어려운 네모와 함께. 아네모네를 물
고. 너를 향하여. 언제나 그윽한 너를 향하여. 너의 잔을
마시러. 나는 길을 떠난다. 마른 것. 떨어지는 것. 그것처
럼. 더는 없었다. 네모는 구름. 관념은 조금 빈 잔이고 모
서리가 있다. 닳고 있다.

―「관념」 전문

　대부분의 시 창작 기술 관련 서적은 관념적인 표현을 지양
하라고 일러준다. 관념과 감각을 이분해놓고 시는 감각적인
장르라 설명하기 때문이다. 그런데 근간에는 저 인식이 많
이 바뀌었다. 시에 관심이 있는 사람이라면 시인들이 시에
못 쓸 단어는 없다고 말하는 것을 한 번 정도는 들어보았을
만하다. 하지만 늘 그렇듯 말과 실천을 다르다. 실제로 이
준규처럼 보란듯이 "관념"이란 말을 시에 들여놓는 시인을
발견하기란 쉽지 않다. 그는 '희망'을 암시하지 않고 "희망"
이라고 쓰며 '환멸'을 묘사하지 않고 "환멸"이라고 쓴다. 이
직접성은 낯설 뿐 아니라 덜 시적이란 인상을 주기 쉽다. 그
런데 정말 그럴까. 관념이란 말은 진정 관념적일까. 저 관념
은 이 시 속에서 관념적으로 기능을 할까.
　시는 첫 행부터 차례로 읽을 필요는 없다. 이상한 말처럼
들리겠지만 시는 전체부터 읽어야 한다. 흐릿하게나마 전체
구도를 세워놓고 그 전체 구도 안에서 세부를 읽어내며, 세

부 읽기를 통해 다시 전체 구도를 재인식하는 과정을 거쳐
보자. 봄이고 강가를 배회하는 한 사람의 모습이 있다. 그
사람은 몇몇의 가시적인 사물들에게 눈길을 보낸다. 강에 떠
있는 배, 동물들, 허공, 연인들, 그리고 구름 등등. 더불어
눈길은 비가시적인 흐름에까지 손을 뻗는다. 가령 담배 연
기 사이로 무연히 흐르는 듯한 '시간'과 봄의 '향기' 그리고
솟아나는 '너'에 대한 생각까지. 이쯤까지 읽으면 "관념"이
란 말도 그리 관념적으로 보이지 않는다. 눈길이 관념을 만
지는 일도 가능하리라고 생각되기 때문이다. 그런데 이 "관
념"은 상당히 감각적인 데가 있다. 관념의 꼴을 상정하고 있
기에 감각적이라는 뜻은 아니다. 그보다는 "관념"의 다음과
같은 운동성 때문이다. 눈길이 처음 가닿은 "관념"은 빈 내
부와 딱딱한 모서리에 불과했지만, 화자의 눈길과 그 눈길
을 따라가는 움직임 속에서 "관념"의 외피는 반죽이 되고 또
그것의 빈속은 채워진다. 이 눈길의 만짐과 운동성이 "관념
적인 만두"란 위트를 출현하게 하였을 것이다. 혹은 이렇게
도 말할 수 있다. 텅빈 관념과 같은 허전함이 화자를 움직이
게 하였고, 화자의 움직임이 그곳을 채웠다. 그의 눈길과 몸
이 움직이자 두부처럼 무른 기억(아마도 너와 관련한)이 다
져지고, 그와 함께 시인의 다양한 운동감각이 "관념"의 외
피 속을 가득 채웠을 것이다.

　생각과 느낌의 이 독특한 결합, 내적인 긴장이 만들어내
는 시선의 길(눈길)을 따라 출현하는 사물과 그 사물의 움

직임을 가지고 풍부한 구체적 감각들을 버무려내는 이 솜씨는 시를 빚어내는 이준규만의 특별한 레시피이다. 감각적인 자질이 충분하지 않다 여겨지던 단어들을 이용해 결국에는 그것의 무른 속살을 보여주는 이 순간을 특별히 기억할 필요가 있다. 이준규 시의 맛은 그 지점에서 처음 드러나기 때문이다. 더불어 그의 단어 사용법도 주목해야 한다. 그의 시에서 단어는 제한된 의미를 실어 나르는 도구가 아니라 인물의 내면에 자극을 일으키는 혹은 반대로 인물의 움직이는 내면이 자연스럽게 외화된 매개에 가깝다.

　너는 언덕을 오른다. 눈으로 뒤덮인 언덕을. 뒤……덮……다…… 온통. 너는 언덕을 오른다. 겨울에. 아름다운 기억을 찾아서. 죽은 것은 조용하고 아름답다. 언덕. 눈덮인 언덕. 눈으로 뒤덮인 언덕. 그 위의 측백나무. 전나무여도 좋을. 젓나무도 좋고, 소나무여도 상관없을. 잣나무는 물론이고. 화백나무도 나쁘지 않고. 나의 겨울. 너의 겨울. 당신의 겨울. 측백나무 아래. 한 마리 고라니. 수염이 귀여운. 아니 송곳니가 귀여운. 아니 등허리가 귀여운. 아니 발굽이 귀여운. 아니 짧은 꼬리가 귀여운. 아니 폴짝거림이 귀여운. 아니 문득 고개돌림이 귀여운. 아니 문득 멈춤이 귀여운. 무엇보다 궁둥이가 귀여운. 아니 눈망울이 귀여운. 아니 길고 따뜻하고 젖은 혀가 귀여운. 죽어도 귀여운. 고라니. 꽃사슴이거나 산양이어도 상관없을.

임팔라나 순록이어도 좋을. 송아지라고 할지라도. 망아지
여도 좋을. 그런. 그런 것이 측백나무 아래 있고. 나는 당
신과. 눈 덮인 언덕을 오른다. 발은 눈 속에 잠기고. 문득
뒤돌아보면. 아름다운 우리 발자국. 그것은 말이 없고. 그
것은 말을 잃고. 그것은 흔적으로 남아. 그것은 흐릿함으
로 남아. 밥 짓는 연기처럼 사라지고. 그런데. 언덕 너머
에는. 아직 가보지 못했지만. 언덕 너머에는 오리나무 숲
이 있을까. 검은머리방울새가 한꺼번에 죽는. 오리나무
숲이 있을까. 그곳에서 당신은 어쩔 수 없어 웃고 있을까.
——「겨울」 부분

　이준규의 시에 자주 등장하는 "언덕"은, 감정의 비스듬한
기울기처럼 읽힐 때가 많다. 내적 감정의 요동을 "언덕"이
라는 단어가 연상시키는 형태에 기대어 표현한다는 의미이
다(단어의 자질에는 의미뿐 아니라 형상성과 소리까지 있
다. 우리는 의미 이외의 요소에 무감한 편이나 시는 모든 것
을 활용한다). 그 언덕에 오르자 다양한 사물이 등장한다.
우선, 나무. 나무들은 무엇일까. 이런 식의 질문은 이준규
의 시에서 무의미하다. 시에서의 단어는 개별적의 의미의
자장도 존중해야 하지만, 무엇보다 전체적인 상황 내지 그
림 안에서 파악될 요소이다. 언덕에는 무엇이 있고 어떤 일
이 벌어지고 있는가. 나무는 그곳에서 어떤 기능을 하냐고
물어야 한다.

나무들이 가득찬 언덕에 올라 화자는 너 혹은 당신을 호
출한다. 이 단어가 호출되자 빠른 속도로 연이어 동물들의
몸을 그려내는 언어들이 출현한다. 나무의 정체도 불분명한
데 동물들의 이름까지 빠른 속도로 읽는 이의 망막을 건드
려오면 난감함은 더해진다. 동시에 그런 생각도 든다. 언어
들의 빠른 질주만큼이나 나무에서 동물로의 변화는 자연스
럽다는 것이다. 언덕 – 나무 – 동물의 연상이라는 면에서도
그렇고 정적인 대상에서 동적인 대상으로의 변화도 그렇다.
동적인 육체성을 감각하는 시선에 이르면 이 언덕의 풍경
이 상당히 들떠 있다는 것을 감지할 수 있다. 들떠 있는 언
덕의 풍경. 아니 언덕의 풍경이 들떠 있다기보다 언덕을 채
우는 시인의 호흡이 들떠 있다고 보는 편이 정확할 것이다.
마치 금세라도 사라져버릴 무엇을 뒤쫓는 듯이 빠른 속도로
질주하는 모양새를 하고 있는 시어들은 저 호흡을 활성화시
키기 위한 디딤돌과 같은 역할을 수행한다. 거친 호흡을 불
러와 기분을 움직이고 불수의적 기억에까지 동작을 주기 위
한 시어들의 질주. 물론 몇 가지 부수 효과들도 없지 않다.
가령 수직으로 뻗은 나무의 활기는 저 감정의 혹은 기억의
공간에 청신한 활력을 배가하기도 한다. 게다가 어떤 비밀
스러운 숲의 이미지가 더해지는 것은 물론이다. 그런데 진
정 중요한 지점은 이제부터 시작된다. 이 언덕을 가로지르
던 단어들의 움직임이 실제적 육체의 움직임으로 거듭나는
지점에 주목하라.

우리는. 그러니까 너와 나는. 키스도 하면서. 차가운 손으로 엉덩이 맨살을 주무르기도 하면서. 따뜻하고 부드러워라. 목에 키스하며. 성기를 주무르기도 하면서. 웃으며. 언덕을 오르고 있는가. 있을 것이다. 그것은 항상 거기에 있을 것이다. 너는 눈의 결정에 대해 말하고. 나는 떼어낸 개구리 다리에 대해 말했다. 우리의 웃음은 오리나무 숲 너머로 날아갔지. 너와 내가 모르는 도시로. 항구로. 나라로. 들판으로. 폐허로. 황야로. 겨울에. 눈 내린 겨울에. 모든 것들이 어깨에 어깨를 대고 뺨에 뺨을 대고 있는 겨울에. 우리는. 너와 나는. 천천히 지워지면서. 눈 덮인 언덕을 오르고 있는 것이다. 그래, 아름답게. 바로 옆의 겨울로 이동하며. 우물쭈물하며. 웃으며. 바보처럼. 겨울 바보처럼.

앞에 인용한 구절의 바로 다음 구절들이다. 시가 꼭 앞선 인용에서 지금의 인용으로 진행했으리라는 보장은 없다. 하지만 단어에 접힌 감각(단어들이 불러일으킨 호흡을 포함)들을 펼쳐내며 그 단어가 불러온 이미지와 소리를 활용해 이후의 시구들을 산출하는 이준규식 방법을 고려하면 앞에서 뒤로 이동했을 가능성은 크다. 다시 말해 언어의 느낌으로부터 실제적인 육체의 느낌으로 전이되는 상황과 마주하고 있다는 말이다. 상식은 감각이 먼저 있고 이후에 그에 결

맞은 단어를 찾아가는 과정을 시의 연산으로 보지만, 이준
규 시의 연산법은 좀 다르다. 단어에서조차 감각을 발생시
키고 오롯해진 단어-감각을 바탕으로 서사의 확장을 꾀하
기 때문이다. 언어의 세계와 몸의 세계의 뒤엉킴. 이 이중
나선의 모양을 한 엮임이야말로 이준규 시의 유전자 구조라
고 할 수 있다. 이 구조를 보다 선명하게 보여줄 한 편의 시
를 더 살펴보자.

국립의료원 스칸디나비안 클럽 정원 벤치에 앉아 커피
를 마시며 담배 한 대 피웠다. 어둠 속에서. 환한 스칸디
나비안 클럽은 크리스마스 장식등을 달았고 손님이 하나
둘 셋 넷 다섯 여섯 일곱 있었다. 환의를 입은 여자가 링거
걸대를 끌고 가고 있었다. 나는 담배를 한 대 피우고 모텔
로제를 지나 민정 식당을 지나 버스 정류장으로 가며 러
시아어와 일본어를 들었다. 나는 추위와 굶주림과 크리스
마스의 따뜻한 실내의 단란함을 생각하며 버스에 올랐다.
버스는 어두운 강을 건넜다. 스칸디나비안 클럽이 내세우
는 바이킹 뷔페라는 단어는 이채로웠다. 나는 스칸디나비
안 클럽에서 사랑하는 사람들과 슬픔 따위를 삼킬 수 있
을 것이라 생각했다. 나는 버스에서 내려 집까지 뛰었다.
　　　　　　　　　　　　　　　　　　　—「스칸디나비아」 전문

두 개의 문장을 떼어내어 읽는다.

1. "나는 담배를 한 대 피우고 모텔 로제를 지나 민정 식당을 지나 버스 정류장으로 가며 러시아어와 일본어를 들었다."
2. "나는 추위와 굶주림과 크리스마스의 따뜻한 실내의 단란함을 생각하며 버스에 올랐다."

　각각의 문장은 내부에 독립적인 운동성을 지닌다(가령 담배, 모텔 로제, 민정 식당, 버스 정류장의 명칭을 질주한 이준규의 감각은 국적이 다른 언어들의 마주침에서 러시아어와 일본어를 떠올렸을지 모른다). 그리고 동시에 인용한 두 개의 문장에서 우리는 문장 사이를 연결하고 있는 운동성을 발견할 수 있다. 2번 문장에 기록된 육체의 감각은 1번 문장으로부터 왔다. 단어와 단어 사이에 선을 그어본다면, '추위'–'러시아', '굶주림'–'민정 식당', '따뜻한 실내'–'모텔 로제'의 결과가 도출된다. 이와 같은 움직임은 떼어내 읽은 두 개의 문장 사이에서만 발견되는 것은 아니다. 가령, 버스가 어두운 강을 건넌 후 다음 문장에서 "스칸디나비안 클럽이 내세우는 바이킹"이란 말이 등장할 때, 강을 건너는 표현과 바이킹이란 단어는 이어지는 연상선상에 있다. 마찬가지로 뷔페라는 단어가 쓰인 후 그다음 문장에 삼킨다는 술어의 변주가 사용된 것도 우연은 아닐 것이다.
　이준규의 시가 기록하고 있는 수많은 단어들은 양적인 부담감에 맥락을 파악하기 힘들 때가 종종 있다. 때론 그 양적 부담감이 그의 시에 맥락 없는 말놀음이나 언어의 폭주 같은 인상을 부여하는 것도 사실이다. 그러나 그것은 말 그대로 인상일 뿐이다. 이준규의 시를 읽은 자가 단어를 예민하게 감각하고 그 결과를 기민하게 조율할 줄 아는 시인을 발견할 줄 모른다면 그이는 이준규의 시를 제대로 읽어내지 못했다고 보아야 한다.

우울-"그것"들의 시적 동역학

일전에 이런저런 시들을 이제 막 읽어보기 시작한 한 사람으로부터 '시는 왜 이렇게 늘 부정적인 정서에 매달리는가'라는 질문을 받은 적이 있다. 몇 개의 답변들이 머릿속을 맴돌았다. 가령, 문학은 태생적으로 현실의 인정 투쟁에서 실패한 자들이 모여드는 자리에 가까이 있었다는 이야기나, 부정적인 정서라는 가치 평가가 실은 강요받은 억압의 결과물일 수 있다는 답변, 또는 문학의 부정성이 지닌 사회적 효용성에 이르기까지. 하지만 왜인지 곧바로 답을 하지 못했다. 나 역시, 우리가 시적인 것으로 자연스럽게 승인하는 정서나 감정의 기능에 대해 충분히 생각해보지 않았기 때문이다.

무기력과 우울. 이준규의 시가 우리에게 전하는 정서적

연상의 바탕에는 이 둘이 놓여 있다. 그의 시는 언어가 활달한 모양새로 적히는 순간에도 어딘가 우울하다. 그 활달함이 우울을 은폐하고 있거나 우울의 이면이라는 생각을 떨치기가 힘들다. 그래서 그의 시를 읽으면 자신의 욕망을 마음껏 펼치기도 전에 그것의 불가능성을 먼저 의식하는 사람이 떠오른다. 이에 언어와의 관계에서 근본적인 단절감을 체험하는 시인의 감각이나 무기력과 관련한 사회·역사적 맥락, 혹은 특정한 감수성과 관련한 문학사적 맥락의 설명 등을 덧붙일 수 있겠으나 그와 같은 일반론들은 우선 차치해두도록 하자. 이 글에서는 이준규의 저 우울과 무기력의 기능에 대해서만 논하려고 한다.

　　나는 그것을 본다. 나는 그것을 보지 못한다. 나는 그 소리를 듣지 못했다. 너는 비틀거리며 내게 다가왔다. 너는 비틀거리며 다가와 내 앞에서 무너졌다. 나는 너를 일으켜세우고 네가 왔던 곳을 본다. 나는 그런 것들을 보지 못했다. 나는 어깨가 없었다. 나는 계단이 없었다. 나는 손가락이 없었고 배가 없었고 바퀴가 없었고 집이 없었다. 나는 그것을 보지 못했다. 나는 작은 의자에 웅크리고 앉아 그것을 본다. 나는 조금씩 이동하는 세월이었다. 아무것도 아니었고 아무것도 아니었다.

　　　　　　　　　　　　　　　　　　　　　　　　—「나」전문

무기력 내지 무능함이 역설적이게도 감각의 확장을 빚어내고, 어떤 영접의 순간을 맞는다. 기이한 영접이다. "나"가 맞아들이는 대상이 바로 "나"이기 때문이다. 맨 처음 "나"가 보는 것은 "그것"이다. 하지만 곧바로 "나는 그것을 본다"라는 단언은 '나는 그것 이외의 것을 보지 못한다는 사실'을 마주하게 된다. 시지각의 확장이라고 부를 만한 사태가 발생한 것이다. 이준규의 시는 늘 긍정과 부정의 서술을 교차함으로써 어떤 사실도 쉽게 확정하지 못하는 무능함을 전시함은 물론이거니와 대부분의 사실이 내포한 지각의 공백을 드러내는 예리함을 보여준다. 그리고 이와 같은 문체적 특징은 시에서 대상의 변환과 비약을 좀더 자유롭게 열어두는 경향성을 만들어낸다. 마치 이 시에서 화자의 시선이 "그것"에서 "너"로 변화하고, 다시 "너"에서 "나"로 이동하듯이 말이다.

　"너"에게서 "나"로의 전이. "나는 조금씩 이동하는 세월이었다"라는 구절에 기대어 저 전이를 이해하자면, 시인은 "작은 의자에 웅크리고 앉"은 우울함 속에서, 우울을 동반한 불편한 착란 속에서 무너져내리는 자신을 순간 엿본 것인지도 모른다. 저 단단함을 잃고 쇠락한 듯한 모습("없었다"의 반복)은 "세월"이라는 표현과 함께 화학작용을 일으켜 수명이 다한 사람을 떠올린다. 자신의 최후의 모습까지도 감각의 지평으로 끌어들여 바라보는 이 시선은 상당히 독특하다. 이 장면은 마치 "나"를 포함한 감각의 뿌리가 생성되는 순간처럼 보인다. 감각이라는 행위는 감각하는 자기 자신까지도 감각의 자장 안에 포함하지만 우리는 종종 감각의 주체를 배제한 채 감각을 논의해왔다. 감각의 주체를 지운 채 대상의 감각적 묘사만을 감각행위라고 착각해온 것이다. 하지만 이준규의 감각은 저 오해된 감각과 절연한다. 그리고 그는 심지어 감각의 자장 안에 시간의 비약적 흐름까지 도입하는 시도를 한다.

저와 같은 감각의 뿌리내림에 우울과 무기력이 하는 역할은 크다. 우울은 우울한 주체를 포함하지 않은 채 세계를 관찰하는 시선을 허용하지 않으며, 그 주체의 부재를 인정하지 않는다. 자기 자신에 대한 강렬한 집착의 힘을 내재하였기에, 그것은 세계와 내속한 자신의 모습을 좀더 선명하게 드러내 보인다. 더불어 앞서 언급한, 사실을 확정할 수 없는 무능은 미래나 과거라는 개념이 없는 감각의 신경망 속에 정확히 자기 자신을 정초시키는 작업을 돕는다. 그래서 그의 시의 목소리는 늘 중단된 서사의 끝처럼 날카롭게 서 있다. 무언가를 서사화하는 허구적 자아의 모습에서 벗어나 감각의 가녀린 뿌리처럼, 겨우 조그맣게 있다. 그리하여 그것의 발화 지점은 때때로,

겨울이다. 다시 겨울이다. 나는 겨울의 우울 속에 겨울의 그림자로 있다. 나는 있지 않았다. 나는 있으려고 했으나 있지 못했다. 나는 있지도 않은데 썼다. 나는 쓰는 나

다. 무엇이든. 나는 우울 속에서 쓴다. 겨울이다. 다시 겨울이다. 이 겨울의 그림자는 가볍고, 혼신을 다하는 그림자일 것이다. 겨울의 그림자와 우울 속의 나는 친하다. 모든 것은 같고 나는 아무것도 아니다. 하늘은 파랗다.

—「우울」부분

 겨울. 외부의 압력에 따른 감각의 위축과 명징함을 동시에 경험하게 되는 계절, '겨우'라는 음성을 품고 있어서인지 소리의 이미지조차 어딘가 우울한 이름. 시인은 지금 그와 같은 겨울의 끝에 겨우 서 있다. 우울 속에 희미한 그림자로 있다. 이 희미함의 주위에서 그는 쓴다. 우리는 곧잘 쓰는 행위를 극복의 행위로 전환하여 읽는 데 익숙하지만, 이준규의 시에서라면 그런 익숙함을 접어두는 편이 좋다. 시인은 희미한 존재감을 거부하고 저항하기 위해 쓰는 것이 아니라 오히려 그 자체를 수긍하고 몰두하며 쓴다. 왜 그러한가. 이준규라면 이 물음에 이렇게 반문할지도 모른다. 당신은 왜 '나'라는 말이 부여하는 거짓 존재감에 의문을 갖지 않는가. 당신은 왜 당신 없이 세계에 존재하는가. 당신은 왜 우울이 파헤쳐놓는 진실을 거부하는가 등등.
 이준규에게 우울은 절대 극복의 대상이 아니다. 그는 극복의 허위를 아는 자이고, 감각과 균열을 일으키면서까지 의미를 부여하는 언어의 기능이 문제적임을 아는 자이다. 그러한 기능은 "하늘은 파랗다"는 투명한 사실을 바꾸지 못하듯, 아무것도 바꾸지 못한다. 대신에 시인은 "우울 속에"
서 친해지는 대상들을 찾는다.

그것은 비스듬히 추락한다. 모든 것처럼. 그것은 비스
듬히 추락하는 희망이자 환멸이다. 그것은 손가락을 들어
그것을 긁는다. 그것은 비스듬히 기울어져 있다. 그것은
앉았다 일어나고 일어났다 앉는다. 그것이 그것을 이해할
수 있을까. 그것은 그렇게 반복한다. 그것은 참을 수 없
는 성실함을 보여주며 그것을 반복하고 있다. 그것의 생
은 단순하며 그것의 일상은 비극적이다. 그리하여 그것의
실천은 놀라운 집중이다. 그것은 기울어져 있다가 꼿꼿이
서고 그것은 꼿꼿이 섰다가 다시 고개를 숙인다. 그것은
기울어져 있다가 갑자기 고개를 들고 그것은 하루의 일과
를 끝없이 반복하지만 결국 별일 없이 그의 생을 끝낼 것
이다. 어디선가 개가 짖고 달은 누렇게 환하다. 그것은 책
상 앞에 있다. 그것은 반복하고 그것은 조금 옆으로 벗어
난다. 그것은 그것의 그것을 한다. 그것처럼.
                                —「그것」 전문

이준규의 시집에 등장하는 수많은 "그것"은 우울의 확대
경을 통해 드러난다. "그것"은 우울이 도달한 뚜렷한 현상
들로서의 '나'이며(단순한 인간적 행위의 주체 자리에 놓인
"그것"의 경우를 보라), 우울이 비춰낸 세계의 표면이기도

하다(비인간적 움직임을 그려낸 문장의 주어 자리에 위치한 "그것"을 보라). 또한 "그것"은 우울이 추동하는 하나의 운동이다. 시인은 우울한 사람만이 볼 수 있는 존재의 그림자에 대해 쓰고, 우울한 사람만이 관찰 가능한 세계의 표면에 스쳐가는 현상들에 대해서도 쓴다. 그냥 쓰는 것도 아니고 반복하는 집착의 힘으로 쓴다. 우울이 지닌 맹목과 반복에 대해서는 많은 이들이 체험적으로 알고 있는 시대이니만큼 부가적인 설명이 필요하지 않으리라 본다. 그런데 우울과 "그것" 사이의 양방향성 운동에 대해서는 추가적인 설명이 필요하다. 결론적으로 말해 반복이라는 우울의 운동성은 "그것"(이란 단어의 힘)이 우울에 작용한 결과이기도 하다. 우울의 놀라운 집중력이 "그것" 때문에 발생한다는 말이다.

  그렇다면, 다시, "그것"은 무엇인가. 그것이란 말이 지닌 묘한 거리감과(가까운 지시 대상일 수도 있고, 먼 지시 대상일 수도 있는), 또 그것이란 말이 지닌 의미의 애매모호함(합의를 전제로 한 의미로서의 그것과 사적 의미로 사용되는 경우의 그것), 그리고 '이것'과 '저것'이란 말과 비교할 때 드러나는, 제한된 공간성을 뛰어넘는 탄력성을 떠올리자. 저 묘한 거리감과 애매모호함, 그리고 시공을 넘나드는 탄력성은 우울의 자장 안에 놓인 시인의 감각을 자극하기에 충분하다. 우울 또한 애초부터 상실한 대상의 애매모호함과 부재하는 대상을 한없이 멀게 여기거나 한없이 밀착된 것으로 여기는 감각을 내포하기 때문이다. 우울과 "그것"의 화학작용은 특별한 집중력을 산출하여 언어와 세계에 내재한 '그것'들에 대한 감각과 사유로 확장된다. "그것"은 어떤 공백처럼 모든 존재에 내재한 공간이 되며, 시인은 "그것"에 기대어 단어와 사물 속에 우울하게 흩어져 있는 자신의 감각을 그러모아낸다. 그리고 그 과정에서 비천한 대상이라는 뉘앙스를 띠기도 하는 "그것"은 시인의 집중을 통해 "어떤 아름다운 이미지"로 거듭난다. 이제 마지막으로 그 이미지를 읽자. 그리고 그 이미지 속에 들어 있는 이준규 시의 특징을 정리하자.

어떤 아름다운 이미지. 가령, 서서히 올리는 팔. 어떤 무기력. 반복되는 언덕. 조금 더 높은 언덕 위의 한 사람. 또는 짐승. 또는 나무. 하염없이 날아가는 비닐 봉투. 둥둥 뜨는 낙엽. 연. 풍선. 어떤 아름다운 이미지. 막 죽은 자의 얼굴. 어떤 아름다운 이미지. 조금 들린 턱. 바닥으로 추락하는 물잔. 어떤 아름다운 이미지. 우산을 들고 선 어떤 여인의 어떤 뒷모습. 어떤. 어떤 아름다운 이미지. 처참과 함께 오는. 어떤. 그러나. 어떤 아름다운 이미지. 말 없는. 철저하게 아름다운. 어떤 아름다운 이미지. 귀뚜라미와 함께. 어떤 한숨 같은. 맥이 풀리는. 어떤 아름다운 이미지. 고개를 숙이는. 어떤. 아름다운 이미지. 어떤. 얼어 죽은 쥐.

—「어떤」 전문

너무 많은 단어들이 완결된 문장의 형식이 아니라 파편들로 속도감 있게 몰아치며 등장하기 때문에 시가 난삽한 인상을 줄 수도 있다. 하지만 늘 그렇듯이 정리하면 이준규의 시는 꽤 가지런한 흐름을 보여주고는 한다. 두 개의 계열로 시어들을 정리하자면,

  올리는 팔 – 언덕 – 조금 더 높은– 날아가는 비닐 봉투 – 연 – 풍선 – 조금 들린 – 우산 –귀뚜라미

  서서히 – 무기력 – 하염없이 – 낙엽 – 추락하는 – 막 죽은 – 뒷모습 – 처참 – 한숨– 맥이 풀리는 – 고개를 숙이는 – 얼어 죽은 쥐

  상승의 감각을 환기시키는 표현과 소리 들이 있고, 또다른 한편에는 무기력하게 침강하는 느낌을 자아내는 표현들과 시어들이 있다. 그리고 이 두 개의 계열을 가로지르는 '어떤'의 흐름이 있다. 정확히 의미를 표현하기 힘든 미묘한 지점을 지칭하는 '어떤'의 느낌들은 두 계열의 교차가 이루는 공간 속을 유동적으로 유영한다. 이 '어떤'의 운동성과 그것을 빚어낸 구조는 이준규의 스타일을 압축적으로 보여준다. 우선 확인할 수 있는 것은 사실적 표현에 대한 그의 애착이다. 그는 비유적 표현 대신에 극히 사실적 표현의 언어

를 주로 쓴다. 두 개 이상의 사물이나 현상을 압축하는 게 비유라면 이준규 시의 대부분의 구절은 하나의 사물이나 하나의 현상에 대한 표현으로 남아 있으려 애쓸 때가 많다. 이는 이준규가 단순한 사실이 지닌 유일성을 시적 순간으로 전환하는 데 탁월하다는 뜻이기도 하다. 가령, "막 죽은 자의 얼굴"은 어떤 아름다운 이미지를 구성하는 데 참여하지만 그 말 자체로 참여할 뿐, 그것이 곧 어떤 아름다운 이미지를 대신하지는 않는다. 아마도 이런 개별적 사실들에 대한 애착이 외따로 떨어져 있는 단어에 대한 감각을 고양시켰을지도 모른다.

　두번째, 그의 시에는 단어들 사이에, 그리고 유사한 표현들의 반복 사이에 시적인 긴장을 정돈하는 부드러운 리듬이 존재한다. 리듬이 있다는 것은 그의 시가 기계적인 반복도 아니고, 절제 없는 쏟아냄도 아니라는 점을 의미한다. 소리의 결까지도 예민하게 포착하여 질서 있게 조합하는 이준규의 구성력은 리듬을 생성하는 데 한몫을 한다. 가령 "어떤 아름다운 이미지"이라는 표현의 소리는 "귀뚜라미와 함께"라는 직관적 연상을 가능하게 한다. "어떤 아름다운 이미지"의 음소를 분해했다가 결합하면 "귀뚜라미"라는 소리와 유사한 결합이 가능하다는 말이다. 유사한 감각이나 유사한 소리의 결을 변주하며 조직한 리듬은 이준규 시에 묘한 안정감을 부여하여 활력을 더한다.

　세번째, 이준규의 시는 운동성을 편애한다. 계열을 이루는 단어의 운동은 물론이거니와 그 운동 사이를 유영하는 이미지의 운동성. 이 모든 운동성이 그의 시가 감각적이라는 증거이다. 그의 시는 '나는 감각한다, 그래서 나는 운동한다'는 명제를 품고 있다. 감각은 애초부터 하나의 고정적 의미에 무심할 뿐 아니라 전체를 종합하는 과정을 부정한다. 다양한 파편적인 언어들로 매 순간을 처음처럼 말할 수 있는 이준규의 시는 감각의 결과물로 부르기에 적당하다.

이준규

처음 이 글을 쓰기 시작했을 때 마음속으로 품고 있던 제목은 '이준규'였다. 많은 시편들에서 이준규가 보였고, 나는 그를 따라 시를 읽을 예정이었다. 정말 시집의 도처에 그가 있었다. 공을 차는 이준규, 설거지를 하는 이준규, 세탁기를 돌리는 이준규, 한강변을 배회하는 이준규, 책을 읽는 이준규, 할아버지를 떠올리는 이준규, 지혜와 사랑을 나누는 이준규, 아버지의 죽음을 겪은 이준규, 술을 마시는 이준규, 잠을 자지 못하는 이준규, 담배를 태우는 이준규, 울고 있는 이준규, 웃고 있는 이준규, 아이를 좋아하는 이준규, 퍼포먼스를 좋아하지 않는 이준규, 오규원을 읽는 이준규, 백석을 좋아하는 이준규, 시를 쓰는 이준규, 시를 쓰지 않는 이준규, 이준규라고 불리는 이준규, 이준규 시인이라고 불리는 이준규, 아무것도 아닌 자로서의 이준규, 사라지는 이준규, 이준규도 모르는 이준규, 이준규, 이준규, 이준규……

어느 시에서든 그는 흐릿하게 스쳐 지나갔다. 그가 보일 때마다 무너져내리는 듯한 그를 일으켜세우고 싶었다. 그에 도달하면 그의 시의 정수에 도달할 것만 같았다. 그래서 나는 이준규를 반복함으로써 이준규에 도달하려고 했고, 그의 시를 읽어내려고 했다(웃고 있을 이준규의 모습이 보인다). 하지만 전염성이 강한 그의 스타일은 그에게 도달하지 못하도록 방해한다. 스타일의 무한 자기 증식은 시 속의 그를 점점 배면의 그림자로 만들었다. 시인은 '나'였다가 '그'였다가 때론 '그것'이 되면서 시의 언어 속에서 점점 사그라졌다.

시로 엮여 들어왔던 그의 삶이 자연스럽게 시만 남겨두고 그 자리를 빠져나가는 모습을 지켜보게 되는 순간들이 있었다. 『반복』의 시편들은 이제 그의 삶으로부터 가장 먼 거리에 놓여 있을지도 모른다. 이 말은 그의 시가 새롭게 수혈한 새로운 삶이 또 어딘가에서 다시 시작중이라는 뜻이기도 하다. 시는 왜 쓰는가. 누군가 이준규에게 이렇게 물어본다면 아마도 그는 삶으로부터 멀어짐으로써 삶에 최대한 밀착하기 위해서라고 말할지도 모르겠다. 그의 시가 시로부터 가장 멀어짐으로써 시가 가장 가까워졌듯이 말이다.

이준규 1970년 경기도 수원에서 태어나 2000년『문학과
사회』여름호에「자폐」외 3편을 발표하며 등단했다. 시집
으로『흑백』『토마토가 익어가는 계절』『삼척』『네모』『당
신』(공저)『7』이 있다. 제6회 동료들이 뽑은 올해의 젊은
시인상, 제12회 박인환문학상을 수상했다.

문학동네시인선 051
반복
ⓒ 이준규 2014

1판 1쇄 2014년 3월 10일
1판 4쇄 2021년 10월 20일

지은이 | 이준규
책임편집 | 김필균
편집 | 이경록
디자인 | 수류산방(樹流山房)
본문 디자인 | 유현아
마케팅 | 정민호 이숙재 우상욱 정경주
홍보 | 김희숙 함유지 김현지 이소정 이미희
제작 | 강신은 김동욱 임현식
제작처 | 영신사

펴낸곳 | (주)문학동네
펴낸이 | 염현숙
출판등록 | 1993년 10월 22일 제406-2003-000045호
주소 | 10881 경기도 파주시 회동길 210
전자우편 | editor@munhak.com
대표전화 | 031) 955-8888 팩스 | 031) 955-8855
문의전화 | 031) 955-3578(마케팅), 031) 955-2678(편집)
문학동네카페 | http://cafe.naver.com/mhdn

ISBN 978-89-546-2414-5 03810

잘못된 책은 구입하신 서점에서 교환해드립니다.
기타 교환 문의: 031) 955-2661, 3580

www.munhak.com

문학동네